노인과 바다를 다시 읽다

어니스트 헤밍웨이의
# 노인과 바다를 다시 읽다

김욱동 지음

| 책머리에 |

# 헤밍웨이 문학, 백조의 노래

이 책은 '원문과 함께 읽는 고전 작품 해설' 시리즈의 두 번째에 해당한다. 몇 주 전 이 시리즈의 첫 번째 책인 『**동물농장을 다시 읽다**』를 먼저 선보이고 나서 곧바로 『**노인과 바다를 다시 읽다**』를 잇달아 내보낸다.

나는 첫 번째 책의 책머리에서 '고전'이라는 산에 오르려는 독자들에게 친절한 안내자 역할을 하려 했다고 밝힌 적이 있다. 마찬가지로 이 책에서도 나는 헤밍웨이가 어떻게 『노인과 바다』를 구상하고 집필하고 출간하였는지, 어떤 주제를 염두에 두고 창작하였는지, 시간과 공간의 벽을 뛰어넘어 오늘날 독자들에게 이 작품이 어떠한 보편적 의미로 다가오는지, 주제를 담는 그릇이라고 할 형식과 기교를 어떻게 사용하였는지, 한국어 번역 텍스트의 수준이나 상태는 어떠한지 등 여러 가지 문제를 폭넓게 다루었다. 또한 어느 특정한 비평 유파나 이론에 치우치지 않고 넉넉한 시선으로 텍스트를 읽으려고 애썼다는 점에서도 이 두 번째 책은 첫 번째 책과 똑같다.

어니스트 헤밍웨이는 미국 현대 문학을 대표하는 작가 중의 한 사람이다. 그는 "모든 미국 문학은 마크 트웨인이 쓴 『허클베리 핀의 모험』이라는 책 한 권에서 비롯한다"고 말한 적이 있다. 이 말을 되받아 표현하자면, "현대 미국 문학은 헤밍웨이가 쓴 작품에서 비롯한다"고 말할 수 있다. 그만큼 미국 현대 문학, 아니 세계 문학을 통틀어 20세기 이후에 활약한 작가들이 헤밍웨이한테 지고 있는 빚은 생각보다 훨씬 크다. 이런저런 이유로 그에게 비판의 화살을 보내는 사람들도 그한테서 직접 또는 간접으로 영향을 받고 있다는 사실은 참으로 아이러니가 아닐 수 없다.

헤밍웨이 작품 가운데서도 『노인과 바다』는 그가 사망하기 전에 출간한 마지막 작품이다. 말하자면 헤밍웨이 문학에서 '백조의 노래'라고 할 만하다. 백조가 숨을 거두기 전 목청을 가다듬어 아름다운 노래를 한 곡조 뽑듯이 헤밍웨이도 1961년 엽총으로 스스로 삶을 마감하기 전 보석 같은 아름다운 작품 한 편을 남겼다. 이 소설에는 그의 인생관과 세계관이 집약되어 있을 뿐만 아니라, 그가 평생 갈고닦은 '하드보일드' 문체가

찬란한 빛을 내뿜는다. 더구나 이 작품은 헤밍웨이의 문학 세계에 처음 입문하려는 사람들에게 더할 나위 없이 좋은 출발점이 된다. 헤밍웨이의 다른 작품들처럼 분량도 그렇게 많지 않아서 소셜 네트워크 서비스(SNS)에 길들여져 가뜩이나 책을 읽지 않으려는 젊은 독자들에게 안성맞춤이다.

나는 이 책의 독자로 문학을 공부하는 대학생과 대학원 학생뿐 아니라, 인문학에 관심 있는 일반인도 염두에 두었다. 이 책을 시작으로 나는 앞으로 영국과 미국 문학에서 '현대의 고전'으로 일컬을 수 있는 작품을 선별하여 단행본으로 계속 출간할 것이다. 끝으로 이 책이 햇빛을 보기까지 여러모로 수고해준 이숲 출판사 편집부 여러분께 고마움을 전한다.

2012년 겨울, 해운대에서
김욱동

| 목차 |

## 제1부

어니스트 헤밍웨이와 『노인과 바다』

책머리에　헤밍웨이 문학, 백조의 노래　5
제1장　　『노인과 바다』의 구상과 집필과 출간　11
제2장　　'규범적 주인공' 산티아고　31
제3장　　바다의 삶, 삶의 바다　43
제4장　　패배 없는 싸움　57
제5장　　인간의 연대의식과 상호의존 정신　67
제6장　　『노인과 바다』의 현대적 의미　89
제7장　　주제로서의 형식, 형식으로서의 주제　117
제8장　　『노인과 바다』의 한국어 번역　131
작가 연보　161
참고 문헌　171

## 제2부

The Old Man and the Sea (Original Text)　177

## 제1장
# 『노인과 바다』의 구상과 집필과 출간

    백조는 평생 울지 않다가 죽기 직전에 단 한 번 아름다운 소리를 내어 울고 죽는다는 전설이 있다. 그래서 예술가들이 남긴 맨 마지막 작품을 흔히 '백조의 노래'라고 일컫는다. '가곡의 왕'으로 부르는 프란츠 슈베르트의 마지막 작품집에 '백조의 노래'라는 제목이 붙어 있는 까닭이다. 『백조의 노래』라는 연작 가곡집은 『겨울 여행』이나 『아름다운 물방앗간의 소녀』처럼 작곡가 자신이 직접 붙인 제목이 아니다. 1828년 11월 슈베르트가 세상을 떠나자 오스트리아 빈의 한 출판업자가 슈베르트가 사망한 해에 마지막으로 작곡한 열네 곡을 한데 출판하면서 붙인 이름일 따름이다. 슈베르트가 사망하기 전 작곡한 최후의 작품이라는 뜻에서 이렇게 '백조의 노래'라는 제목을 붙였던 것이다.

『노인과 바다』(1952)는 미국 소설가 어니스트 헤밍웨이가 남긴 '백조의 노래'이다. 이 소설은 1961년 7월 그가 미국 아이다호 주 케첨에서 엽총으로 자살하기 전 출간한 마지막 작품이기 때문이다. 물론 이 작품을 그의 마지막 작품이라고 부르는 데에는 조금 무리가 따를지도 모른다. 이 소설을 출간한 지 1년 반 뒤인 1954년 1월 헤밍웨이는 잡지『루크』에 동아프리카 사파리 여행에 관한 글을 기고했고, 같은 해 4월에는 역시 같은 주제로 「크리스마스 선물」이라는 글을 기고했기 때문이다. 그 뒤 2년 뒤인 1956년 9월에도 같은 잡지에 「상황 보고서」라는 글을 기고하기도 하였다. 이 글은 제목 그대로 헤밍웨이가 쿠바의 '핑카 비히아'에서 어떻게 살아가는지 자신의 근황에 대하여 쓴 것이다.

또한 헤밍웨이는 사망하기 일 년쯤 전인 1960년 9월 『라이프』 잡지에 「위험한 여름」이라는 산문을 세 차례에 걸쳐 연재하기도 하였다. 제목 그대로 이 글에서 그는 1959년 여름 스페인의 아란후에스에서 투우사 안토니오 오르도녜스가 온갖 위험을 무릅쓰고 벌인 투우 이야기를 다룬다. 이 글은 헤밍웨이가 사망한 지 20여 년이 지난 뒤에서야 비로소 『위험한 여름』(1985)이라는 제목으로 단행본으로 출간되었다. 헤밍웨이의 전기 작가 칼로스 베이커는 이 작품을 헤밍웨이의 맨 마지막 책으로 간주한다.

그러나 엄밀히 말해서 『위험한 여름』은 헤밍웨이가 살아 있을 적에 집필한 글이기는 하지만 어디까지나 사후에 출간되었기에 그의 '마지막 책'으로 보기 어렵다. 그의 사후에는 이 책 말고도 『해류 속의 섬들』(1970), 『에덴동산』(1986), 『여명의 진실』(1999) 등이 잇달아 출간되었다. 『라이프』 잡지에 실린 「위험한 여름」은 『루크』에 실린 글들과 마찬가지로 장르로 보자면 소설이 아니라 실제 경험을 묘사한 논픽션이나 르포르타주이다. 그러므로 소설로는 『노인과 바다』가 그가 생존해 있을 때 출간한 맨 마지막 작품이다. 마지막 작품이라는 점으로 보나, 훌륭한 작품이라는 점으로 보나 이 소설은 가히 헤밍웨이 문학을 장식하는 최후의 걸작, 즉 '백조의 노래'라고 할 수 있다.

그런데 『노인과 바다』는 헤밍웨이가 그 이전에 출간한 작품들과 여러모로 차이가 있으면서도 비슷한 점 또한 적지 않다. 그는 이 작품에 이르러 처음으로 쿠바와 걸프 해안을 중요한 지리적 배경으로 삼는다. 지금까지 헤밍웨이는 소설에서 주로 프랑스와 스페인 그리고 이탈리아 같은 유럽을 주요 공간 배경으로 삼았을 뿐 아메리카 대륙을 배경으로 삼은 적이 별로 없었다. 다만 1930년대 미국 역사에서 유례를 찾아보기 어

헤밍웨이가 세 번째 아내인 마서 겔혼과 결혼한 직후 구입한 핑크 비히아. 스페인어로 '전망 좋은 집'이라는 뜻이다. 쿠바의 아바나 근교에 있는 이 저택에서 그는 1939년부터 1960년까지 살았다.

려운 경제 대공황을 맞아 사회주의로부터 한 차례 세례를 받은 그는 『유산자와 무산자』(1937)를 쓰면서 플로리다 주 키웨스트와 쿠바를 지리적 배경으로 삼고 있을 뿐이다. 헤밍웨이는 두 번째 아내 폴린 파이퍼와 별거하고 마서 겔혼과 재혼한 1940년에 아예 쿠바의 수도 아바나 근처로 이주하여 '전망 좋은 집'이라는 뜻의 '핑카 비히아(Finca Vigia)'에서 20여 년 가까이 살았다. 『노인과 바다』는 바로 쿠바 북서부 지방에 살면서 아바나에서 동쪽으로 11킬로미터쯤 떨어진 코히마르 마을과 멕시코

쿠바의 수도 아바나 근교에 있는 어촌 코히마르에 세운 헤밍웨이 기념물. 원형 구조물 안에 헤밍웨이의 흉상이 놓여 있다. 『노인과 바다』는 이 코히마르 마을을 배경으로 삼고 있다.

마을 배경으로 삼아 쓴 작품이다.

또한 『노인과 바다』는 작품의 배경뿐 아니라 소재에서도 그 이전 작품들과는 적잖이 차이가 난다. 헤밍웨이는 그동안 주로 제1차 세계대전이나 스페인 내전 같은 전쟁을 비롯하여 투우나 사파리 같은 수렵 사냥을 작품의 소재로 다루기 일쑤였다. 그러나 이 작품에 이르러 그는 바다낚시를 핵심적인 소재로 삼는다. 물론 일찍이 『태양은 다시 떠오른다』 같은 장편소설과 「심장이 두 개 달린 큰 강」(1925)을 비롯한 단편소설에서

강이나 호수에서 하는 민물낚시를 다루었지만, 멕시코 만 같은 드넓은 바다에서 하는 낚시는 좀처럼 다룬 적이 없었다. 헤밍웨이는 『노인과 바다』에서 비로소 처음으로 드넓은 멕시코 만을 배경으로 거대한 청새치와 벌이는 서사시적 투쟁을 중심 플롯으로 다룬다.

한편 『노인과 바다』는 헤밍웨이가 이전에 출간한 작품들과 비슷한 점도 많다. 가령 작중인물이나 주제에서도 그러하고, 스타일이나 형식에서도 그러하다. 뒤에 좀 더 자세히 밝히겠지만 이 작품에서도 그는 여전히 '헤밍웨이 주인공'을 비롯하여 '코드 히어로(code hero)', 즉 헤밍웨이 특유의 규범적 주인공을 다룬다. 다시 말해서 이 작품에 등장하는 주인공은 F. 스콧 피츠제럴드나 윌리엄 포크너 같은 동시대 작가들의 작품에서는 좀처럼 만날 수 없고 오직 헤밍웨이 작품에서만 만날 수 있는 독특한 작중인물군(群)에 속한다. 또한 '헤밍웨이 주인공' 중 몇 명은 특정한 규범을 정해 놓고 될 수 있는 대로 그것에 따라 살아가려 애쓴다. 더구나 『노인과 바다』는 헤밍웨이가 지금까지 여러 작품에서 다루어온

「노인과 바다」를 전재한 『라이프』(1952. 9. 1) 헤밍웨이는 이 소설을 잡지에 게재한 대가로 당시로서는 엄청난 금액인 4만 달러의 원고료를 받았고, 이 잡지는 출간 이틀 만에 530만 부가 팔렸다.

동일한 주제 또는 그것을 조금 변주한 주제를 다룬다는 점에서 그 이전의 작품들과 그렇게 동떨어져 있지 않다. 그런가 하면 문체에서도 강건체 문체라고 할 '하드보일드 스타일'을 그대로 구사할 뿐만 아니라 오히려 그것을 한 단계 더 밀고 나가 발전시킨다. 한마디로 『노인과 바다』는 헤밍웨이 문학 세계에서 아주 핵심적인 위치를 차지하고 있다.

헤밍웨이가 『노인과 바다』를 처음 집필하기 시작한 것은 1951년 초엽으로 쿠바의 수도 아바나 근처에 살고 있을 무렵이었다. 그해 4월 말 초고를 마친 그는 1952년 3월에 뉴욕의 찰스 스크리브너스 출판사에 원고를 넘겼다.

이 작품은 1952년 9월 1일 자 미국의 시사 주간지 『라이프』 특별호에 전재되었다. 그런데 이 소설은 잡지가 발행되자마자 이틀 만에 무려 530만 부가 팔려 나갈 정도로 무척 큰 인기를 끌었다. 이 잡지사는 이 작품을 전재하는 조건으로 헤밍웨이에게 4만 달러라는 엄청난 원고료를 지불하였다. 잡지에 실린 지 1주일 뒤 단행본으로 출간된 이 작품은 출간되자마자 독자들한테서 큰 관심을 받았다. 초판 1쇄 때 5만 부를 찍

『노인과 바다』의 초판본 표지. 『라이프』에 전재하고 일주일 뒤에 찰스 스크리브너스 출판사가 단행본으로 간행했다. 초판 5만 부를 제작한 이 책은 이후 여섯 달 동안 베스트셀러 리스트에 올랐다.

은 이 소설은 여섯 달에 걸쳐 베스트셀러 리스트에 올랐다. '북 어브 더 먼스 클럽'의 도서로 선정되었는가 하면 1953년 5월 소설 부문 퓰리처상을 받았으며, 같은 해 미국예술원으로부터 도 소설 부문 우수상을 받기도 하였다.

더구나 이 작품은 1954년 마침내 헤밍웨이가 미국 작가로 서는 다섯 번째로 노벨 문학상을 받는 데에도 크게 이바지하기 도 하였다. 물론 노벨 문학상은 한 작가의 예술이 인류에 끼친 업적을 기려 수여하는 공로상일 뿐 개별적인 작품에 수여하는 상은 아니다. 그런데도 스웨덴 한림원의 노벨상 위원회는 특별 히 이 작품을 언급하면서 "가장 최근 『노인과 바다』에서 보여 준 내러티브 예술의 놀라운 경지와 현대 문체에 끼친 그의 영 향"을 높이 평가하여 문학상을 수여한다고 밝혔다. 또한 노벨 문학상 선정 위원회는 이 소설과 관련하여 "폭력과 죽음의 그 림자가 짙게 드리워진 현실 세계에서 선한 싸움을 벌이는 모든 개인에 대한 자연스러운 존경심"을 다루고 있는 작품이라고 평하였다. 이 작품이 문학적으로나 상업적으로나 크게 성공을 거두면서 헤밍웨이는 미국 문단은 말할 것도 없고 전 세계 문 단에서 명실공히 세계적인 작가로 인정받게 되었던 것이다.

그러나 헤밍웨이가 『노인과 바다』를 구상하기 시작한 것 은 이 소설을 출간하기 15년 전으로 거슬러 올라간다. 1936년

1954년 10월 28일, 헤밍웨이는 노벨 문학상 수상자로 선정되었으나 스톡홀름에서 상을 받기에는 몸이 너무 쇠약했기에 같은 해 12월 쿠바 주재 스웨덴 대사가 핑카 비히아에서 상을 전달했다.

4월 그는 미국의 남성 전문 월간 잡지 『에스콰이어』에 '멕시코 만류에서 보낸 편지'라는 부제가 붙은 「푸른 파도 위에서」라는 산문을 발표하였다. 헤밍웨이는 "확실히 인간 사냥 같은 사냥은 없다. 오랫동안 무장한 인간을 사냥하고 그것을 좋아한 사람들이라면 그 뒤로는 그 밖에 어떤 다른 사냥도 좋아할 수가 없다"라는 문장으로 이 글을 시작한다. 여기에서 '인간 사냥'이란 두말할 나위 없이 전쟁에서 적군을 사살하는 것을 말한다. 두 차례에 걸친 세계대전과 스페인 내전을 겪은 헤밍웨이로서

제1장_ 노인과 바다의 구상과 집필과 출간  19

1930년대 헤밍웨이는 남성 전문 잡지 『에스콰이어』에 단편과 기사를 게재했다. 『노인과 바다』의 모태가 되었던 산문 「푸른 파도 위에서」는 1936년 봄 호에 게재된 바 있다.

는 웬만한 '사냥'은, 그의 표현을 빌리자면 "맛봉오리를 잃어버린 사람이 포도주를 마시는 것처럼 싱겁기 짝이 없을" 것이다. 그런데도 그는 멕시코 만에서 하는 심해 낚시야말로 '인간 사냥'에 버금갈 만큼 모험적인 사냥이라고 밝힌다.

헤밍웨이는 「푸른 파도 위에서」에서 멕시코 만류를 배경으로 심해 낚시를 하던 경험을 다룬다. 그가 "멕시코 만과 다른 대양의 조류는 이 세상에 남아 있는 마지막 야생의 땅이다"라고 말하는 점에 주목해 볼 필요가 있다. 드넓은 바다에서 그는 아직 문명의 손길이 닿지 않은 채 원시 그대로 남아 있는 자연을 느낀다. 이러한 원시적 자연에서 헤밍웨이는 '카를로스'라는 쿠바 선원과 함께 심해 낚시를 한다. 카를로스는 일곱 살 때부터 아버지를 따라 조각배를 타고 청새치를 낚아온 베테랑 낚시꾼이다. 여기에서 카를로스는 여러 정황으로 미루어보아 헤밍웨이의 배 '필라' 호에서 처음 키잡이 노릇을 하던 카를로스 구티에레스임에 틀림없다. 폴린 파이퍼와 두 번째로 결혼한 헤밍웨이는 1930년대 초부터 부유한 미국인 그랜트 메이슨의 아내인 제인 메이슨과

1934년 청새치 대어를 잡은 기념으로 아바나 항에서 사진을 찍은 헤밍웨이. 이런 경험을 바탕으로 헤밍웨이는 산문 「푸른 파도 위에서」를 썼고, 이 작품은 『노인과 바다』의 모태가 되었다.

사귀고 있었고, 그가 점차 저널리스트인 마서 겔혼에게 관심을 기울이기 시작하자 질투를 느낀 제인은 카를로스를 자신의 배에서 일하도록 빼앗아 갔다. 그래서 헤밍웨이는 그레고리오 푸엔테스를 두 번째 키잡이로 고용했던 것이다.

그런데 흥미롭게도 헤밍웨이는 「푸른 파도 위에서」에서 한 쿠바 어부가 겪은 이야기를 언급한다. 어휘 수가 3,300개 남짓한 이 산문 소품은 그의 사생활뿐 아니라 그의 작품을 이해하는 데에도 자못 중요하다.

75마력의 크라이슬러 엔진을 장착한 낚싯배 필라를 타고 있는 헤밍웨이. 그는 이 배를 1934년에 7,500여 달러를 주고 구입했다. 이 배를 타고 그는 카리브 해를 항해하고 멕시코 만에서 심해 낚시를 즐겼다. 이 경험은 뒷날 그가 『노인과 바다』를 집필하는 데 소중한 밑거름이 되었다. 사진에서 그의 옆에 서 있는 여인은 당시 관계를 맺고 있던 제인 메이슨으로 팬아메리카 항공 쿠바 지점장인 남편이 집을 비운 사이에 헤밍웨이와 함께 필라 호를 타고 4개월간 여행했다. 이 시기는 헤밍웨이가 마서 겔혼을 만나기 전이었다.

언제가 한 번은 카바냐에서 벗어나 조각배를 타고 홀로 낚시질을 하는 늙은 어부가 커다란 청새치 한 마리를 낚았다. 그런데 도르래 줄로 만든 낚싯줄에 걸린 이 청새치는 조각배를 바다 멀리까지 끌고 나갔다. 이틀 뒤 노인은 동쪽으로 1백 킬로미터쯤 떨어진 곳에서 다른 어부들에 의하여 구출되었다. (……) 고기가 바다 깊이 헤엄치며 조각배를 끌고 다니는 동안 노인은 하루 낮과 밤, 그리고 또 하루 낮과 밤 동안 고기와 함께 있었다. 고기가 수면으로 오르자 노인은 고기에게 가까이 대어 작살을 꽂았다. 조각배 옆에 동여매어 둔 고기를 상어들이 공격하자 노인은 조각배를 타고 멕시코 만에서 혼자서 노로 때리고 찌르고

『노인과 바다』를 집필할 때 산티아고의 모델이 되었다고 알려진 그레고리오 푸엔테스(사진의 오른쪽)와 함께 낚은 청새치를 들어 보여주는 헤밍웨이.

공격하면서 상어를 물리쳤다. 마침내 그는 지칠 대로 지쳤고, 상어 떼는 먹을 수 있는 한 모든 고기를 뜯어먹었다. 다른 어부들이 그를 구출했을 때 노인은 고기를 잃어버려서 거의 미친 상태에서 울부짖고 있었고, 상어들은 여전히 조각배 주위를 맴돌고 있었다.

『노인과 바다』를 읽은 독자들이라면 위 인용문이 이 소설의 줄거리를 요약해 적어 놓은 것과 같다는 사실을 금방 알아차릴 것이다. 카바냐는 아바나에서 동쪽으로 떨어진 어촌으로 소설의 주인공이 살고 있는 마을과 크게 다르지 않다. "조각배를 타고 홀로 낚시질을 하는 늙은 어부"는 두말할 나위 없이 이 소설의 주인공 산티아고로 볼 수 있다. 그 밖에도 늙은 어부가 조각배를 타고 잡는 고기가 청새치라든지, 사투를 벌여 잡은 청새치를 상어 떼한테 모두 빼앗긴다든지, 노를 무기로 삼아 상어 떼를 몰아낸다든지 하는 점에서도 이 산문 작품은 소설과 적잖이 닮아 있다. 다만 차이가 있다면 소설에서는 산티아고가 지친 몸을 이끌고 오두막집에 도착하는 반면, 산문 소품에서는 늙은 어부가 거의 의식을 잃은 상태에서 동료 어부에게 발견된다는 점이 다를 뿐이다.

헤밍웨이는 「푸른 파도 위에서」에서 코끼리 사냥에 대해 찬사를 늘어놓는 친구에게 한 번도 아니고 두 번에 걸쳐 "나는 언젠가 그것[심해 낚시]에 대해 글을 써볼 생각이오"라고 피력한다. 그가 말한 대로 15년이 지난 뒤 헤밍웨이는 마침내 이 산문을 바탕으로 한 편의 소설을 집필하였다. 말하자면 『에스콰이어』에 실린 산문은 뒷날 그가 『노인과 바다』라는 집을 짓는 데 사용한 주춧돌에 해당한다.

그러나 주춧돌이 건축을 짓는 데 꼭 필요한 요소이기는 하지만 그렇다고 그 자체로서는 집이 될 수는 없다. 잡지에 실린 산문 작품과 『노인과 바다』 사이에는 기본 뼈대에서 서로 비슷하면서도 서로 적잖이 차이가 난다. 「푸른 파도 위에서」가 늙은 어부의 실제 경험을 그린 논픽션이라면, 『노인과 바다』는 어디까지나 '산티아고'라는 허구적 인물을 등장시킨 소설이다. 다시 말해서 헤밍웨이는 논픽션 작품에 살을 붙이고 피를 통하게 하여 마침내 『노인과 바다』라는 한 편의 예술 작품을 탄생시켰던 것이다. 본디 그는 이 작품을 뒷날 유작으로 출간된 『해류 속의 섬들』의 결론 부분으로 사용할 계획이었다. 그런데 이 두 작품 사이에는 그야말로 양자적 도약이 일어났다고 할 만하다. 이 두 작품을 비교해 보면 문학 작품이란 '무엇을' 말하느냐 하는 것보다 '어떻게' 말하느냐 하는 것이 훨씬 더 중요하다는 사실을 새삼 깨닫게 된다. 한마디로 작가의 위대성은 바로 '무엇'을 말하느냐보다는 '어떻게' 말하느냐에 달려 있다고 해도 지나친 말이 아니다.

헤밍웨이가 1952년에 『노인과 바다』를 출간한 것은 그의 문학적 생애에서는 아주 획기적인 일이었다. 스페인 내전을 소재로 한 작품 『누구를 위하여 좋은 울리나』(1940)를 출간한 뒤 그는 10여 년 동안 긴 침묵을 지킨 채 이렇다 할 작품을 내놓지 못하고 있었다. 물론 그로부터 10년 뒤 『강을 건너 숲 속으로』(1950)라는 장편소설을 출간하였지만, 비평가들과 독자들의 반응은 여간 냉담하지 않았다. 비평가들과 독자들은 이 작품을 자기 풍자에 탐닉하고 있는 완전한 실패작이라고 평가하였다. 그래서 비평가들과 학자들 사이에서는 마침내 헤밍웨이의 창작 에너지가 이제 모두 소진된 것이 아닌가 하는 생각이 널리 퍼져 있었다. 몇몇 비평가들은 아예 "파파(이 무렵 헤밍웨이의 별명)의 시대는 이제 막을 내렸다"고 공공연하게 선언할 정도였다.

물론 『강을 건너 숲 속으로』에 대한 헤밍웨이 자신의 평가는 이와는 전혀 달랐다. 그는 이 작품이야말로 자신이 지금껏 출간한 작품 중에서 가장 뛰어난 작품이라고 항변하였다. 그러나 아무도 그의 말에 귀를 기울이지 않았다. 작가들은 흔히 자신의 작품 가운데 별로 주목받지 못한 작품을 가장 훌륭한 작품이라고 말하곤 한다. 작가는 흔히 무의식에서 작품을 창작하기 때문에 자신의 작품에 대해 그릇된 평가를 내리기 쉽다. 또 작품을 쓰면서 가장 힘들었던 탓에 기억에 남는 작품을 뛰어난 작품이라고 말하는 경우도 있다. 그런가 하면 비평가들의 주의를 환기시킬 뿐만 아니라 더 나아가 부진한 판매 부수를 올리려는 상업적 이유 때문에 그렇게 말하는 작가들도 얼마든지 있다. 헤밍웨이의 경우에도 자기 판단이 빗나갔다.

이렇게 『노인과 바다』는 헤밍웨이로서 거의 사형 선고를 받은 것과 다름없는 상황에서 나온 작품이었기에 그에게는 더더욱 각별한 의미가 있었다. 이 작품은 마치 잿더미를 헤치고 나온 불사조처럼 그의 창작력이 여전히 건재하다는 사실을 입증해준 작품이었다. 헤밍웨이가 이 작품에 깊은 관심을 기울이고 있었다는 것은 이 소설을 출간한 출판사 사장 찰스 스크리브너에게 보낸 편지에서도 엿볼 수 있다. 헤밍웨이는 1951년 10월 그에게 보낸 편지에서 "이 소설은 내가 평생 작업해온 산문 작품입니다. 쉽고도 단순하게 읽힐 수 있고 길이가 짧은 것 같지만 가시적 세계와 인간 영혼 세계의 모든 차원을 담고 있습니다. 지금 현재로서 내가 쓸 수 있는 가장 훌륭한 작품입니다"라고 말한다. 그런데 이 말에는 그가 『강을 건너 숲 속으로』를 두고 언급한 것과는 전혀 다른 진실이 담겨 있다. 『노인과 바다』를 좀 더 꼼꼼히 읽어 보면 이 말을 액면 그대로 받아들여도 크게 무리가 없다는 사실을 알게 된다.

『노인과 바다』는 출간되자마자 비평가들과 동료 작가들 그리고 일반 독자들로부터 폭넓게 찬사를 받았다. 가령 같은 시기에 활약한 미국 작가 윌리엄 포크너는 "시간이 지나면 우리 동시대 작가가 쓴 작품 중에서 아마 가장 훌륭한 작품으로 인정받게 될 것이다"라고 말하면서 이 작품을 높이 평가하였다. 그동안 헤밍웨이에 대하여 비판의 고삐를 늦추지 않던 포크너이고 보면 이러한 찬사는 여간 예사롭지 않다. 헤밍웨이 연구가 필립 영은 "헤밍웨이는 그가 말해야 했던 것을 가장 바랄 수 있는 한 가장 효과적으로 말한, 가장 훌륭한 단 한 편의 작품"

이라고 찬사를 아끼지 않았다. 그러나 1960년대에 들어오면서 이 작품에 대한 평가도 조금씩 달라지기 시작하였다. 출간 당시의 찬사에서 벗어나 좀 더 객관적으로 평가하려는 분위기가 감돌았다. 이렇게 평가가 달라진 데에는 문학적 경향이 달라졌다는 이유도 있을 것이고, 독자들의 취향이 달라졌다는 이유도 있을 것이다.

『노인과 바다』를 비판하기 시작한 비평가들은 주로 사실주의 계열에 속한 사람들이었다. 그들은 그동안 헤밍웨이가 사실주의 전통에서 작품을 써온 것과는 달리 이 작품에서는 현실에서 동떨어진 비현실적인 경험을 묘사하고 있을뿐더러 자못 감상적인 점이 적지 않다고 지적한다. 예를 들어 로버트 위크스 같은 비평가는 주인공 산티아고가 망망대해에서 혼자 사흘에 걸쳐 몇 백 킬로그램에 달하는 청새치와 사투를 벌이는 것은 실제 현실과는 거리가 멀다고 지적한다. 산티아고 같은 노인은 말할 것도 없고 심지어 혈기 왕성한 젊은 어부도 감당하기 어려운 작업이라는 것이다.

또한 헤밍웨이가 기술하는 내용이 객관적 사실에 비추어 볼 때 정확하지 않다는 점을 들어 비판하는 비평가들도 있다. 가령 몇몇 비평가들은 주인공 산티아고에게서 엿볼 수 있는 철학적 명상은 가난하고 무식한 어부한테는 좀처럼 어울리지 않는다고 비판한다. 또 헤밍웨이는 마코상어에 대해 "이중으로 된 입술 안쪽에는 이빨 여덟 줄이 안쪽으로 비스듬히 박혀 있었다. 대부분의 상어들이 지니고 있는 피라미드 모양의 이빨이 아니었다"고 묘사한다. 그러나 마코상어가 아무리 힘이 세고 위협적인 동물이기는 해도 이빨이 여덟 줄 박혀 있다고 말하는 것은 어불성설이라는 것이다.

이러한 사정은 리겔성(星)에 관한 언급에서도 다르지 않다. 작품에서 헤밍웨이는 "첫 별들이 나타났다. 그는 '리겔'성이라는 이름은 알지 못했지만 그 별을 보고 곧 뭇별들이 떠오를 것도 알고 있었다"고 말한다. 그러나 오리온 별자리에 속하는 리겔성은 날이 어두워지면서 제일 먼저 나타나는 별이 아니다. 해가 지는 초저녁에 서쪽 하늘에 제일 먼저 뜨는 별은 금성이다. 개들이 이 별이 뜨는 초저녁이면 주인이 저녁밥을 주기를 기다린다고 하여 흔히 '개밥바라기별'이라고도 부른다. 황석영(黃晳暎)은 『개밥바라기별』(2008)이라는 소설의 제목을 바로 이 별 이름에서 빌려왔다. 초저녁에 뜨는 별의 이름은 청소년 주인공을 다룬 성장소설의 제목에 안성맞춤이다.

그런가 하면 헤밍웨이가 이 작품에서 가끔 사용하는 스페인어도 쿠바인들이 일상생활에서 사용하는 자연스러운 구어라기보다는 지나치게 자역(字譯)이나 음역(音譯)한 것이라고 지적하는 비평가들도 있다. 산티아고를 비롯한 주인공들이 스페인어를 모국어로 사용하는 사람들이기 때문에 그들이 겪는 내적 갈등을 표현하거나 어떤 특수한 분위기를 자아내기 위해서 작가가 어쩌다 스페인어를 사용하는 것은 필요할 것이다. 그런데 문제는 그것을 얼마나 정확하게 사용하느냐에 달려 있다. 체계적으로 스페인어를 배우지 않은 헤밍웨이는 말하자면 살아 숨 쉬는 스페인어가 아니라 죽은 문어체 언어를 사용하기 일쑤이다. 이러한 문제점은 비단 『노인과 바다』에만 그치지 않고 『누구를 위하여 종은 울리나』 같은 작품에서도 마찬가지로 엿볼 수 있다.

# 제2장
# '규범적 주인공' 산티아고

『노인과 바다』에 등장하는 주인공 산티아고는 어니스트 헤밍웨이의 다른 작품에 등장하는 어린 소년 닉 애덤스(『우리 시대에』)가 제이크 반스(『태양은 다시 떠오른다』)와 프레더릭 헨리(『무기여 잘 있어라』)에 이어 로버트 조던(『누구를 위하여 종은 울리나』)으로 성장한 뒤 어느덧 노년기를 맞이한 인물로 보아도 크게 틀리지 않다. 산티아고는 그 이전의 주인공들과 비교해 볼 때 인간의 삶과 자연을 좀 더 존중하는 한편, 마초적인 성격을 덜 보여 준다. 한마디로 헤밍웨이는 인간 조건을 냉소적으로 거부하지 않은 채 직면하여 묵묵히 받아들이는 산티아고에게서 가장 이상적인 모습을 찾는 것이다.

최근 한 비평가가 산티아고에 대해 그가 본디 쿠바에서 태어난 사람이 아니라 스페인에서 이민 온 사람이라는 주장을 제기하여 눈길을 끌었다. 그는 이러한 주장을 펴는 근거로 헤밍웨이가 필라 호의 두 번째 키잡이로 고용한 쿠바의 어부 그레고리오 푸엔테스를 모델로 삼아 산티아고를 창조했다는 점을 든다.『노인과 바다』는 앞 장에서 이미 언급한 필라 호의 첫 번째 키잡이 카를로스 구티에레스 말고도 푸엔테스를 산티아고의 모델로 삼은 것은 사실이다. 헤밍웨이 자신이 밝혔듯이 산티아고는 한 사람이 아니라 그 이상의 인물을 결합하여 창조해 낸 인물이다.

여러 정황으로 미루어 보면 푸엔테스는 본디 아프리카 서쪽에 있는 스페인령 섬 카나리아 제도에서 태어나 쿠바로 이민 왔다. 아마 산티아고가 꿈을 꿀 때면 으레 "섬들의 하얀 봉우리들이 바다 위에 우뚝 솟아 있는 모습"과 "카나리아 군도의 여러 항구와 정박지"가 나타난다. 이 무렵 가난한 스페인 사람들이 푸엔테스처럼 새로운 삶의 터전을 찾아 쿠바를 비롯한 중앙아메리카와 남아메리카로 이민하였다. 산티아고도 그러한 이민자 가운데 한 사람이라는 것이다. 대부분의 이민자들은 다시 본국으로 돌아갔지만 일부 이민자들은 산티아고처럼 이런저런 사정으로 돌아가지 못하고 쿠바에 계속 남아 가난한 어부로 살아갈 수밖에 없었다고 주장한다. 또한 산티아고가 다른 어부들과는 달리 유독 큰 고기를 잡으려고 노력하는 것도 뒤늦게 뿌리를 내린 쿠바에서 열등감을 해소하고 살아남으려는 생존 전략에 지나지 않는다고 지적하기도 한다. 산티아고가 과연 푸엔테스처럼 스페인에서 이민한 사람이냐 아니냐는 문제는 접어두고라도, 이러한 주장은 사회학적 측면에서는 비록 타당할지 몰라도 이 작품을 이해하는 데에는 이렇다 할 도움이 되지 않는다.

산티아고는 오히려 '헤밍웨이 주인공'이나 '규범적 주인공'의 관점에서 살펴보는 쪽이 훨씬 더 타당하다. 이 두 주인공은 흔히 혼동하여 사용하지만 서로 엄격히 구분 지어 사용하는 것이 옳다. 전자는 앞에서도 잠깐 언급했지만 다른 작가들의 주인공들과는 차이가 나서 누가 보아도 헤밍웨이의 작품에 등장하는 인물이라는 것을 곧 알아차릴 수 있는 주인공을 말한다. 후자는 전자에 포섭되는 개념으로 '헤밍웨이 주인공' 중에서 일정한 코드, 즉 삶에 대한 규범을 정해 놓고 될 수 있는 대로 그것에 따라 행동하려는 인물을 말한다. 다시 말해서 '규범적 주인공'은 하나같이 '헤밍웨이 주인공'에 속하지만 그렇다고 '헤밍웨이 주인공'이라고 하여 반드시 '규범적 주인공'에 속하지는 않는다.

'헤밍웨이 주인공'의 특징이 한두 가지가 아니지만 그중에

『노인과 바다』에서 주인공 산티아고의 모델이 되었던 쿠바의 어부 그레고리오 푸엔테스. 헤밍웨이의 배 필라호의 키잡이였던 그는 유명인사가 되었다. 만년에는 쿠바의 아바나를 찾은 관광객들에게 헤밍웨이와 관련한 일화를 들려주고 받는 돈으로 생계를 유지했다. 105살의 나이로 사망했을 때 세계 유수 신문들이 사망 기사를 실을 정도로 유명했다.

서도 줄잡아 몇 가지는 두드러지게 눈에 띈다. 전형적인 '헤밍웨이 주인공'은 무엇보다도 남성적이고 야인적(野人的)인 성격이 강하다. 헤밍웨이 작품에서는 가령 윌리엄 포크너의 『고함과 분노』(1929)에 등장하는 쿠엔틴 콤슨 같은 창백한 지식인이나, 『위대한 개츠비』(1925)에 등장하는 제이 개츠비 같은 세련된 도회인의 모습은 아무리 눈을 씻고 찾아보아도 찾아볼 수 없다. 마크 트웨인의 『허클베리 핀의 모험』(1884)의 주인공 허클베리처럼 될 수 있으면 문명 세계에서 떨어져 자연과 더불어 살아가려고 한다.

비록 나이가 들었어도 산티아고는 남성적이고 야인적인 성격을 거의 그대로 지니고 있을뿐더러 지적인 활동보다는 육체적 활동에 더 많은 관심을 기울인다. 작품 첫머리에서 화자는 "두 눈을 제외하면 노인의 것은 하나같이 노쇠해 있었다. 오직 눈만은 바다와 똑같은 빛깔을 띠었으며 기운차고 지칠 줄 몰랐다"고 밝힌다. 이 소설의 화자가 산티아고가 정확히 몇 살이나 되었는지 말하고 있지 않아서 정확히 알 수는 없지만 아마 예순을 훨씬 넘은 노인인 듯하다. 그런데도 홀로 조각배를 타고 심해에서 낚시질을 할 만큼 체격이 강인하다. 산티아고를 늘 도와주는 소년 마놀린이 그에게 "진짜 큰 고기가 잡혀도 감당할 수 있을 만큼 아직 기운이 있으세요?"라고 묻자, 노인은 "아마 그럴 게야. 게다가 온갖 요령도 알고 있잖니"라고 대답한다. 이 소설의 화자는 "비록 나이가 들었어도 그의 어깨에는 아직도 이상하리만큼 힘이 흘러넘쳤다. 목에도 여전히 힘이 있고 고개를 앞쪽으로 떨어뜨리고 잠을 자고 있을 때면 주름살도 별로 눈에 띄지 않았다"고 밝히기도 한다.

『노인과 바다』에서 주인공 주인공 산티아고가 사투를 벌이며 잡은 큰 바닷물고기 청새치는 농어목 돛새치과의 한 종으로 인도양에서 태평양까지 따뜻한 열대 바다에서 살며, 낮에 두세 마리씩 짝을 지어 해수면 가까이 헤엄쳐 다니다가 밤이 되면 바다 깊이 내려간다.

이렇게 산티아고는 폭력과 죽음에 직면해도 두려워하지 않는다. 혼자서 멀리 거친 바다에 나가 고기잡이를 한다는 것부터가 보통 사람으로서는 하기 어려운 생각이다. 밤낮으로 꼬박 사흘 동안 그는 청새치와 사투를 벌이는가 하면, 청새치를 뜯어 먹으려고 공격해 오는 상어 떼를 물리친다. 그야말로 죽음을 무릅쓰지 않고서는 좀처럼 할 수 없는 일이다.

앞에서 이미 지적했듯이 몇몇 비평가가 산티아고의 이러한 초인적인 행동을 들어 비판하는 것도 따지고 보면 그렇게 무리가 아니다. 사흘 동안 청새치와 상어 떼와 싸워온 노인은 혹시 자신이 죽지는 않았는지 의심이 들 정도로 지칠 대로 지쳐 있다. 소설의 화자는 "노인은 어쩌면 자신이 이미 죽은 몸이 아닐까 하는 느낌이 들었다. 그래서 두 손을 마주 잡고 손바닥을 만져 보았다. 손은 죽어 있지 않았고, 그래서 그냥 두 손을 폈다 오므렸다 함으로써 살아 있다는 고통을 느낄 수 있었다. 고물에 몸을 기대어 보고 자신이 죽지 않았다는 것을 알았다. 어깨가 그렇게 말해 주었던 것이다"라고 말한다.

그러나 산티아고의 정신력을 보면 그가 청새치와 이렇게 사투를 벌이는 것이 그렇게 현실적으로 불가능한 일만은 아니다. 물론 청새치와 싸우는 데 그의 육체적 나이와 정력이 중요하지만 강인한 정신력도 그것 못지않게 중요하다. 청새치와 이틀째 사투를 벌이는 동안 그는 존경해 마지않는 "위대한 디마지오 선수"를 생각하며 힘을 얻는다. 또 그는 젊은 시절 쿠바의 카사블랑카의 한 술집에서 있었던 팔씨름을 떠올리며 용기를 얻기도 한다. 쿠바의 남쪽 도시 시엔푸에고스 출신의 몸집이 큰 검둥이와 하루 낮과 밤을 꼬박 보내며 상대방의 손을 테

싸움꾼으로 명성이 높았던 헤밍웨이에게는 도전자가 끊임없이 찾아왔다. 그는 비미니 부두에서 당시에 매우 유명한 권투 선수와 겨뤄서 이기기도 했다. 하지만, 바하마 사람들에게 아주 깊은 인상을 남겨 그들 사이에서 화제가 된 사건은 단 세 방의 펀치로 상대를 때려눕힌 일이었다. 그 도전자는 출판업자인 조 냅으로 밝혀졌다. 『노인과 바다』의 산티아고에서도 젊은 날 그의 일면을 엿볼 수 있다.

이블에 꺾어 넘어뜨리려고 안간힘을 쓴다. 두 사람의 힘이 그만큼 서로 비슷했기 때문이다. 새벽녘에 산티아고는 있는 힘을 다해 마침내 검둥이의 손을 테이블에 눕히고 만다. 이러한 일이 있은 뒤 사람들은 그를 '챔피언'이라고 불렀던 것이다.

더구나 산티아고는 생각하는 인물이 아니라 어디까지나 행동하는 인물이라는 점에서도 '헤밍웨이 주인공'과 비슷하다.

적어도 이 점에서 그는 『무기여 잘 있어라』(1929)의 주인공 프레더릭 헨리와 비슷하다. 프레더릭은 "나는 생각하도록 만들어진 것이 아니다. 먹고 마시고 캐서린과 같이 자도록 만들어졌다"고 밝힌다. 청새치와 사투를 벌이던 둘째 날 산티아고는 "아무 생각도 하지 않고 오직 참고 견디려고 할 뿐이었다"고 말한다. 그날 산티아고는 청새치가 수면 위로 뛰어오르고 난 뒤 "하지만 난 녀석에게 인간이 어떤 일을 할 수 있는지, 또 얼마나 참고 견뎌낼 수 있는지 보여 줘야겠어"라고 혼잣말한다. 이 말을 달리 바꾸면 그는 인내하기 위해 이 세상에 태어났을 뿐 생각하기 위해 태어난 것이 아니라는 말이 된다. 이렇듯 무엇인가를 깊이 있게 생각하는 일은 산티아고에게는 마치 그가 도시의 백화점에서 가서 쇼핑하는 것만큼이나 무척 낯설다.

햄릿처럼 생각하는 인간이 아니라 돈키호테처럼 행동하는 인간에 가까운 산티아고는 깊이 있는 사색을 하지 않을뿐더러 좀처럼 책을 읽지도 않는다. 그가 읽는 것이라곤 고작 신문이며 그중에서도 오직 야구 기사만을 읽는다. 그 신문마저도 남이 읽고 버린 낡은 신문이어서 정보적 가치도 그다지 크지 않다. 또한 산티아고는 신문을 침대 위에 깔고 덮는 이불로 사용하거나 의자에 앉아 잠깐 눈을 붙일 때 무릎을 덮는 담요로 사용할 뿐이다. 다시 말해서 그에게 신문은 정보나 지식을 전달해 주는 매체라기보다는 신문지, 즉 종이로서 더 크게 구실을 한다.

산티아고는 추상적이고 이론적인 것보다는 좀 더 구체적이고 감각적인 쾌락에 무게를 실으려고 한다. 내세나 피안에 희망을 두기보다는 현세나 차안의 삶을 만끽하려는 헤밍웨이의 주인공들처럼 그 역시 먹고 마시는 일 말고는 이렇다 할 관심이 없다. 물론 나이가 많은 탓에 다른 주인공들처럼 성(性)에는 탐닉할 수 없다. 또 나이가 들면서 먹고 마시는 생리적 욕구마저 옛날과는 다르다. 망망대해로 고기잡이를 나가면서도 아침 식사도 제대로 하지 않은 채 커피 한 잔으로 식사를 대신하기 일쑤다. 작품의 화자는 산티아고가 "벌써 오래전부터 먹는 것이 귀찮아져서 점심을 싸 가는 법이 없었다. 조각배의 뱃머리에 두는 물병이 하나만 있으면 충분히 하루를 견딜 수 있었다"고 말한다. 그래도 산티아고는 어떤 관념적이고 추상적인 것에 몰두하기보다는 먹고 마시면서 구체적으로 감각적 쾌락을 만끽하려고 애쓴다.

한편 산티아고는 헤밍웨이의 '규범적 주인공'답게 어떤 행동 규범을 미리 정해 놓고 될 수 있는 대로 그 규범에 따라 행동하려고 한다. 예를 들어 마놀린이 산티아고와 함께 다시 고기잡이를 하고 싶다고 말하자 노인은 소년에게 자신에게는 이제 운이 없으며 부모가 시키는 대로 다른 어부 밑에서 고기를 잡으라고 타이른다. 그러면서 그는 소년에게 "네가 나한테서 떠난 게 내 솜씨를 의심해서가 아니라는 것도 잘 알고 있단다"라고 말한다. 이처럼 산티아고는 자신의 사사로운 이익에 얽매여 순리에 거슬러 행동하려고 하지 않는다.

헤밍웨이 문학의 '백조의 노래' 『노인과 바다』의 주인공 산티아고는 84일 동안 고기 한 마리 잡지 못하지만 조금도 실망하지 않는다. 그가 보여 주는 백절불굴의 정신은 결과보다는 과정이 얼마나 중요한지 새삼 일깨워 준다.

ⓒ Illustration by Raymond Sheppard

또 마놀린이 미끼로 쓸 정어리를 구해줄 때도 산티아고는 그에게 "설마 훔친 건 아니겠지?"라고 묻는다. 만약 마놀린이 남의 미끼를 훔쳐다 자신에게 주었더라면 그는 아마 고기잡이를 나가지 않으면 않았지 훔쳐 온 미끼로 고기를 잡지는 않았을 것이다. 또 산티아고가 84일째 고기 한 마리 잡지 못하다가 그 이튿날 고기잡이를 나가기 때문에 '85'라는 숫자로 끝나는 복권을 사려고 계획하는 장면에서도 마찬가지다. 노인이 복권을 살 돈이 없다 말하자 마놀린은 "그건 문제없어요. 2달러 50센트 정도야 저도 언제든지 빌릴 수 있어요"라고 대꾸한다. 그러자 산티아고는 "아마 나도 빌릴 순 있을 거야. 하지만 난 될 수 있으면 돈을 빌리지 않고 싶구나. 처음엔 돈을 빌리지. 그러다 나중엔 구걸하게 되는 법이거든"이라고 말한다. 산티아고는 좀처럼 남에게 의존하거나 구걸하려고 하지 않고 살아가려고 한다.

한마디로 산티아고는 헤밍웨이의 젊은 '규범적 주인공'이 나이가 들면서 좀 더 원숙해진 인간이다. 세월의 풍상과 세파를 겪으면서 그는 좀 더 원만하고 슬기로운 인간으로 변모하였다. 공자가 『논어』에서 한 말을 빌리자면 산티아고는 이제 지천명(知天命)이나 이순(耳順)의 경지에 이르렀다고 할 수 있다. 산티아고가 맥주를 마시려고 마놀린과 함께 '테라스'에 가서 자리에 앉자 많은 어부들이 노인을 어리석다고 놀려대지만 그는 조금도 화를 내는 법이 없다. 또 앞으로 주제와 관련하여 자세히 밝히겠지만 자연의 질서를 거역하지 않고 순리에 따라 자연과의 합일을 꾀하려고 한다. 그러면서 우주 속에서 조화와 균형을 찾으려고 하는 것도 이렇게 나이가 들면서 원숙해진 그의 세계관과 무관하지 않을 것이다.

제3장

# 바다의 삶, 삶의 바다

연극에서 배경은 공간적 배경이건 시간적 배경이건 사건이 일어나는 무대에 지나지 않는다. 그러나 소설에서는 이러한 배경은 직접 또는 간접으로 작품의 주제와 더욱 밀접하게 연관되어 있다. 바로 이 점에서 소설은 같은 문학 장르에 속하면서도 연극과는 적잖이 다르다. 연극과는 달리 소설에서 배경은 무대나 소도구 이상의 구실을 하기 때문이다. 특히 어니스트 헤밍웨이의 작품에서는 지리적 배경이건 시간적 배경이건 배경이 차지하는 몫이 무척 크다. 특히 공간적 배경은 그에게 온갖 유형의 인간이 힘겹게 살아가는 환경으로서의 의미가 무척 크다. 좀 더 형이상학적으로 말하자면 그에게 배경은 이 광활한 우주에 인간이 놓여 있는 상황, 즉 인간 조건을 형상화하기 위한 편리한 도구이다.

『노인과 바다』의 배경은 이전의 작품들과 비교해 볼 때 적잖이 차이가 난다. 앞에서 이미 지적했듯이 이 작품에서는 전쟁터에서 총을 쏘고 포탄이 터지는 소리도 들리지 않고, 그렇다고 황소와 한바탕 죽음의 승부를 겨루는 투우장의 함성도 들리지 않으며, 그렇다고 파리 같은 대도시 카페의 시끌벅적한 소리도 들리지 않는다. 귓가에 들리는 소리라고는 오직 드넓은 바다의 거친 파도 소리와 어부가 홀로 노를 젓는 소리뿐이다. 작품의 첫머리와 결말 부분에서는 조그마한 어촌이 지리적 배경으로 등장하지만 이 작품의 사건은 거의 대부분 멕시코 만에서 펼쳐진다. 이렇게 바다를 중심적인 공간적 배경으로 삼는다는 점에서 이 작품은 19세기 중엽 미국 문학의 르네상스기에 크게 활약한 허먼 멜빌의 『모비딕』(1851)과 비슷하다. 영국 문학으로 넓혀 보면 폴란드 태생의 영국 작가 조지프 콘래드의 『나르키소스 호의 흑인』(1897)과도 닮아 있다.

바다에 깊은 관심을 기울인 어니스트 헤밍웨이는 심지어 성서를 '바다의 책'이나 '지식의 바다'라고 부를 정도였다. 물론 성서가 바다처럼 넓은 지식의 보고라는 뜻에서 비유적 의미로 한 말이기도 하지만 그보다는 성서 자체를 깊은 바다에 빗댄 것으로 받아들일 수도 있다. 세계 문학사에서 헤밍웨이처럼 바다를 이렇게 종교적 차원으로까지 승화시킨 작가도 찾아보기 드물다. 그가 이 작품의 제목을 왜 '노인과 소년'이라고 붙이지 않고 굳이 '노인과 바다'라고 정했는지 그 까닭을 알 만하다. 멕시코 만류에 떠 있는 산티아고의 조각배는 말하자면 이 세계를 축소해 놓은 소우주이다.

『노인과 바다』에서는 공간적 배경 못지않게 시간적 배경도 독특하다. 헤밍웨이는 이 작품을 출간하기 직전, 그러니까 1940년대 말엽이나 1950년 초엽을 시간적 배경으로 삼고 있다. 그런데 이 무렵은 미국은 말할 것도 없고 전 세계에 걸쳐 엄청난 사건이 일어난 시기이다. 예를 들어 1948년에는 인도의 성인 마하트마 간디가 살해당했고, 남아프리카 백인 정권이 아파르트헤이트 정책을 시작하는 등 약소국가가 어느 때보다도 위협받고 있었다. '이스라엘'이라는 신생 국가가 세워진 것도 바로 이해에 일어난 일이다. 1949년에는 중국이 공산주의를 국가 체제로 채택했고, 북대서양조약기구(NATO)가 출범했으며, 소비에트 정부가 원자탄을 개발하는 데 성공하였다. 1950년에 들어와서는 한국전쟁이 일어났고 조지프 맥카시 상원의원의 공산주의자 마녀사냥이 시작되었는가 하면, 미국의 해리 트루먼 대통령은 소련의 원자폭탄에 맞서 수소폭탄을 제조하라고 명령하였다. 이렇듯 1950년대 초엽에는 한국전쟁에서 볼 수 있듯이 동서냉전이 그야말로 최고조에 이르렀다.

그동안 몇몇 비평가는 이 작품이 비역사적이고 비정치적이라는 이유를 들어 헤밍웨이를 날카롭게 비판해왔다. 그들의 주장에 일리가 없지 않다. 그는 20세기 중엽 세계사에 굵직한 획을 그은 역사적 사건에는 이렇다 할 관심을 기울이지 않은 채 주인공 산티아고의 고기잡이에만 초점을 맞추기 때문이다. 다시 말해서 헤밍웨이는 미국이나 세계에서 벌어지고 있는 굵직한 사건에서 눈을 돌리고 오직 망망대해에 떠 있는 산티아고의 고기잡이배에 시선을 모은다. 외부 세계보다는 내면세계, 사회 문제보다는 개인 문제에 훨씬 관심을 기울인다. 그러므로 이 작품을 읽을 때 독자들은 역사의 거친 맥박보다는 한 개인의 내면에서 들리는 소리에 귀를 기울이게 된다.

헤밍웨이가 이렇게 역사의 소용돌이에서 한발 비켜서 있는 바다를 공간적 배경으로 삼은 데에는 그럴 만한 까닭이 있다. 시인들이 삶을 흔히 항해에 빗대듯이 바다는 인간이 삶을 영위하는 터전에 대한 더할 나위 없이 좋은 은유이기 때문이다. 물론 헤밍웨이에게는 『무기여 잘 있어라』(1929)에서 프레더릭 헨리가 목숨을 걸고 부상병을 운반하는 전쟁터도, 『누구를 위하여 종은 울리나』(1940)에서 로버트 조던이 다리를 폭파하기 위해 위험한 작전을 수행하는 산악 지방도 삶을 영위하는 터전임

이 사진에서 헤밍웨이는 『태양은 다시 떠오른다』에 등장하는 페드로 로메로의 모델로 삼았던 투우사의 아들 안토니오 오르도녜스와 함께 투우장을 바라보고 있다. 헤밍웨이는 투우사들이 착취당하는 현실을 기사로 써서 『라이프』에 기고했고, 이 기사는 이후에 보완되어 25년 후인 1985년에 『위험한 여름』으로 출간되었다.

에는 틀림없다. 또한 『태양은 다시 떠오른다』(1926)에서 페드로 로메로 같은 투우사가 황소와 한판 승부를 겨루는 투우장도 생존 경쟁에 대한 좋은 은유로 볼 수 있다. 실제로 헤밍웨이는 투우장이 전쟁터를 좀 더 안전하게 후방에 옮겨놓은 것과 크게 다르지 않다고 밝힌 적이 있다. 헤밍웨이는 만년에 이르러 광활한 바다만큼 생존경쟁의 터전을 잘 보여 주는 은유도 없다고 생각했던 것이다.

그러나 헤밍웨이의 작품을 지나치게 특수성의 굴레에 가두어두는 것이 바람직하지 않듯이 지나치게 보편성의 목장에 풀어놓는 것도 바람직하지 않다. 이 작품만큼 보편성과 특수성, 일반성과 구체성 사이에서 절묘한 균형과 조화를 꾀하려는 소설도 찾아보기 어렵다. 그의 작품이 흔히 그러하듯이 『노인과 바다』에서도 작가의 체취가 강하게 풍긴다. 어떤 의미에서 이 소설은 보편적 의미 못지않게 작가 자신의 삶과 경험을 유감없이 표현한 개인적인 작품으로 읽어도 크게 무리가 없다.

헤밍웨이는 『노인과 바다』에서 무엇보다도 작가로서 자신이 느낀 고뇌를 심도 있게 다룬다. 따지고 보면 이런저런 방식으로 작품에 자신의 삶의 흔적을 남기지 않는 작가란 하나도 없다. 영국 소설가 D. H. 로렌스가 일찍이 "작가란 원고지 위에 자신의 피를 쏟아놓는다"라고 말한 것은 바로 그 때문이다. 아무리 자신의 삶을 감추려고 해도 작품 속에는 어쩔 수 없이 작가가 살아온 고단한 삶의 흔적이 묻어나기 마련이다. 이 작품에도 작가 헤밍웨이가 쏟아 놓은 피, 즉 소설가로서의 삶의 궤적을 그다지 어렵지 않게 찾아볼 수 있다. 그렇다면 주인공 산티아고는 카를로스보다는 헤밍웨이 자신을 모델로 삼고 있는 셈이다.

『노인과 바다』에서 헤밍웨이는 노령(老齡)에 맞서 싸우는

1954년 3월 네 번째 아내 메리 웰시와 함께 아프리카에서 사파리 여행을 마치고 이탈리아의 베네치아로 간 헤밍웨이가 한 광장에서 비둘기들과 놀고 있다. 헤밍웨이 부부는 쿠바의 핑카 비히아에서 수백 마리의 동물을 길렀다. 그가 사냥 중에 수많은 동물을 죽였음을 생각하면 대단한 아이러니다. 지칠 줄 모르는 모험가였던 그도 50대에 접어들자 노쇠해 보이는 모습이 인상적이다.

모습을 예술적으로 형상화한다. 이 작품을 집필할 무렵 그는 이미 쉰두 살이었다. 지금 기준으로 보면 아직 장년의 나이라고 할 수 있지만 지금처럼 의학이 발달하지 못한 데다 젊은 시절 몸을 아끼지 않고 야외 활동에 전념하면서 크고 작은 사고를 당한 헤밍웨이로서는 초로(初老)를 맞이한 것과 크게 다르지 않았다. 또한 그동안 술을 많이 마신 그는 일찍이 고혈압과

당뇨 등 여러 성인병을 앓고 있었을 뿐만 아니라 우울증과 알코올 중독증에 시달리고 있었다. 1940년대 말엽이나 1950년대 초엽에 찍은 사진을 보면 헤밍웨이는 이미 장년에서 벗어나 노년의 단계에 접어든 것처럼 보인다.

이 소설에서 산티아고가 죽음을 무릅쓰고 거대한 청새치를 잡아 올리는 행위는 곧 자신에게 닥쳐온 늙음을 물리치려는 상징적 행위로 보아 크게 틀리지 않다. 허먼 멜빌의 『모비딕』에서 주인공 에이햅 선장이 목숨을 걸고 추적하는 흰 고래가 우주의 악을 상징한다면, 길이가 무려 5.5미터나 되며 산티아고가 타고 있는 어선보다도 60센티미터나 긴 이 청새치는 노령이나 노쇠를 상징한다. 그러니까 산티아고가 온갖 위험을 무릅쓰고 청새치를 잡는 것은 곧 작가 헤밍웨이가 자신에게 다가온 노령이나 노쇠를 맞아 그것과 싸우는 모습을 상징적으로 보여 준 것이라고 할 수 있다.

이 세상에서 시간이나 세월만큼 그렇게 파괴적인 힘을 지니는 것도 아마 없을 것이다. 그래서 동양이나 서양을 굳이 가르지 않고 많은 시인이 그동안 세월의 파괴력에 대해 노래해 왔다. "낙성에는 옛사람 자취도 없고, 지는 꽃 서러워하는 젊은 사람들 / 해마다 피는 꽃은 같으나 사람의 모습은 해마다 같지 않네(古人無復洛城東 今人還對落花風 年年歲歲花相似 歲歲年年人不同)"

라는 작품도 그중의 하나이다. 당나라 때 유희이(劉希夷)가 지었다고 하고 송지문(宋之問)이 지었다고도 하는 이 작품에서도 세월의 파괴력을 감칠맛 나게 노래한다. 황진이(黃眞伊)의 "산은 넷산이로되 물은 넷물 아니로다 / 주야에 흘은이 넷물이 잇실쏜야 / 인걸도 물과 같아야 가고 아니 오노매라"라는 옛시조도 시간의 파괴성을 노래한 작품이다. 다만 당나라 시인이 시간의 파괴력과 덧없음을 꽃에 빗대는 반면, 황진이는 밤낮 없이 흐르는 물에 빗댈 뿐이다.

서양에서는 시간의 파괴성을 즐겨 노래한 시인으로는 누구보다도 영국의 대문호 윌리엄 셰익스피어가 꼽힌다. 한 소네트에서 "겨울이 마흔 번 그대의 이마를 공격하여 그대의 아름다운 이마에 깊은 밭고랑을 파놓을 것이니"라고 노래하였다. 또 다른 소네트에서도 그는 "시간이 젊음을 뚫고 들어와 / 미인의 이마에 주름살을 파놓는다"라고 노래하였다. 석고처럼 희고 아름다운 미인의 이마에 밭고랑 같은 주름살을 깊게 새겨놓는 것은 다름 아닌 시간이다.

그런데 서양에서 시간은 예로부터 낫과 모래시계를 들고 있는 노인으로 흔히 의인화되어 왔다. 서양의 조각품이나 오래된 시계탑을 보면 거의 예외 없이 백발노인이 한 손에는 자루가 긴 낫을, 다른 손에는 모래시계를 들고 있다. 모래시계는 제한된 인간 수명을 상징하고, 낫은 무자비한 시간의 파괴력을 상징한다. 그래서 셰익스피어도 "시간의 낫 앞에 베어지지 않는 것 없어라"라고 노래한 적이 있다. 긴 낫에 베어지지 않는 풀이 없듯이 시간이나 세월의 풍화 작용을 받지 않는 인간도 없다는 것이다.

그러고 보니 헤밍웨이가 『노인과 바다』에서 산티아고가 잡은 청새치의 꼬리를 하필이면 왜 낫 모양에 빗대는지 알 만하다. 청새치가 처음 수면 위로 모습을 드러낼 때 작가는 "노인은 커다란 낫처럼 생긴 꼬리가 물속으로 사라지는 것을 보았고, 낚싯줄이 빠른 속도로 다시 풀려나가기 시작했다"고 말한다. 청새치가 물속으로 들어갔다가 다시 수면에 올라왔을 때도 산티아고는 "[청새치의] 꼬리는 큼직한 낫보다도 훨씬 컸으며, 검푸른 물 위에서 엷은 보랏빛을 띠고 있었다"고 밝힌다. 이렇게 낫처럼 생긴 꼬리는 맨 마지막 장면에서도 다시 한 번 언급한다. "빈 맥주 깡통과 죽은 꼬치고기 사이로 바다를 내려다보고 있던 한 여자가 문득 끄트머리에 거대한 꼬리가 달린 길고 엄청난 흰 등뼈를 발견했다"고 말한다. 청새치의 꼬리를 낫에 빗대는 것은 비단 지금 사투를 벌여 잡는 청새치만이 아니다. 이 청새치를 잡기 전에도 산티아고는 청새치 암수 한 쌍 중 암놈 한 마리를 잡은 적이 있다. 암놈의 짝인 수놈에 대하여 그는 "수놈이 너무 암놈 가까이 따라다니기 때문에 큰 낫처럼 날카롭고 모양이나 크기도 큰 낫같이 생긴 꼬리로 낚싯줄을 끊어 버리지나 않을까 걱정되었다"고 말한다. 이렇게 '커다란 낫처럼 생긴' 그리고 '거대한' 모습을 한 꼬리는 곧 모든 것을 파괴하는 시간이나 세월의 힘을 상징한다.

그동안 세계 문학사를 들여다보면 적지 않은 허구적 인물이 세월의 파괴력에 맞서 싸워 왔다. 헤밍웨이의 주인공 산티아고도 예외가 아니며, 산티아고는 이렇게 엄청나게 큰 청새치와 며칠에 걸쳐 사투를 벌인다. 그가 마침내 그 고기를 잡아 올린다는 것은 시간에 도전하는 행위, 좀 더 구체적으로 말해서 늙음을 받아들이지 않고 젊음을 여전히 과시하려는 행위로 볼 수 있다. 산티아고는 한때 왼손에 쥐가 나고 기력이 없어지기도 하지만 경련이 풀리고 기력을 되찾은 데다 식량도 충분히 갖추고 있어 청새치와 싸움에서 자신이 훨씬 유리한 입장에 놓여 있다고 생각한다.

"여보게, 고기양반, 그래 지금 기분이 어떠신가?" 그는 큰 소리로 물었다. "나는 기분이 좋다네. 왼손도 많이 좋아졌어. 오늘 밤과 내일 낮 동안의 식량도 갖추고 있지. 자, 친구, 어디 배나 끌어 보시지."
실제로 노인은 정말로 기분이 좋은 상태가 아니었다. 낚싯줄을 멘

등이 통증의 수준을 넘어 거의 무감각 상태가 아닌가 의구심이 들 정도였기 때문이다. 하지만 나는 이보다 더 심한 일도 겪었는걸, 하고 그는 생각했다. 내 오른손은 조금 긁힌 정도에 지나지 않고, 이제 왼손의 쥐도 풀렸어. 두 다리도 끄떡없고. 더구나 식량 문제라면 저 놈보다는 내가 훨씬 유리한 입장이고 말이야.

이렇게 유리한 입장에 놓여 있으면서도 청새치에게 패배한다면 산티아고는 노령에 굴복하고 마는 것이 된다. 청새치와의 피나는 싸움에서 물고기는 계속하여 천천히 물속에서 선회하고 있으며, 몇 시간 뒤 노인은 온몸이 땀에 흠뻑 젖고 피로가 뼛속까지 스며든다. 그러나 물고기가 그리고 있는 원은 점점 작아지는 것으로 보아 고기가 헤엄치면서 꾸준히 수면으로 올라오고 있다는 사실을 알 수 있다. 청새치와의 피나는 싸움은 노령뿐 아니라 더 나아가 가난과 고독과 죽음과의 사투를 상징하기도 한다. 어떤 의미에서 산티아고의 사투는 이 무렵 헤밍웨이가 느끼기 시작한 자살 충동을 억제하기 위한 정신적 싸움으로 볼 수도 있을지도 모른다.

이 무렵 헤밍웨이는 육체적 쇠퇴 못지않게 예술적으로도 소진 상태에 놓여 있었다. 앞에서 이미 밝혔듯이 『누구를 위하여 좋은 울리나』를 출간한 이후 그는 이렇다 할 작품을 출간하지 못하고 있었고, 비평가들은 작가로서의 헤밍웨이가 이미 종말을 고한 것과 다름없다고 선언하였다. 예술을 종교의 경지로까지 생각해온 헤밍웨이에게 훌륭한 작품을 쓰지 못한다는 것만큼 치명적인 것도 없었다. 그리하여 그는 자신이 아직 예술적으로 건재하다는 사실을 미국 문단은 말할 것도 없고 세계 문단에 널리 과시하고 싶었다. 청새치는 바로 그가 되찾으려는 화려한 예술적 경지를 상징하고, 필사적으로 청새치를 잡으려고 애쓰는 행위는 곧 예술적 재기를 상징적으로 보여 준다고 할 수 있다.

그러고 보니 헤밍웨이가 "이제까지 노인은 큰 고기들을 많이 보아 왔다. 450킬로그램이 넘는 큰 고기도 여러 번 보았고, 물론 혼자 잡은 것은 아니었지만 지금까지 그만한 크기의 고기를 잡은 적도 두 번이나 있었다"고 밝히는 말도 그 뜻이 새롭게 느껴진다. 어쩌면 헤밍웨이는 이 무렵 『태양은 다시 떠오른다』나 『무기여 잘 있어라』 또는 『누구를 위하여 종은 울리나』 같은 대어(大魚)를 다시 한 번 낚고 싶었을지 모른다. 그렇다면 산티아고가 84일 동안 고기 한 마리 잡지 못하다가 마침내 엄청나게 큰 청새치를 낚은 것처럼, 헤밍웨이도 『누구를 위하여 종은 울리나』를 출간한 지 무려 12년이 지난 뒤에야 비로소 『노인과 바다』라는 대어를 낚은 것이다.

1950년대 초엽 핑카 비히아의 현관에 서 있는 헤밍웨이. 이곳에서 그는 『누구를 위하여 종은 울리나』를 쓰기 시작했고, 이 집에 사는 동안 『강을 건너 숲 속으로』, 『노인과 바다』, 『움직이는 축제』, 『해류 속의 섬들』, 『위험한 여름』을 집필했다. 『노인과 바다』가 출간되자 많은 비평가들이 이 작품을 격찬했으며, 이 점에서는 그의 라이벌이었던 윌리엄 포크너도 마찬가지였다. 『노인과 바다』가 퓰리처상 수상작으로 선정되었다는 소식이 라디오에서 흘러나왔을 때 헤밍웨이는 필라 호를 타고 낚시질을 하고 있었다. 그는 이 작품의 영화 판권을 15만 달러라는 엄청난 금액으로 계약했다.

제4장

# 패배 없는 싸움

어니스트 헤밍웨이는 『노인과 바다』에서 작가 자신의 개인적 이야기를 뛰어넘어 좀 더 보편적인 주제를 다룬다. 이 작품에서 그가 다루는 주제가 한두 가지가 아니지만 그중에서도 영웅주의와 스토아주의는 아마 가장 중요한 주제 가운데 하나로 꼽을 수 있을 것이다. 처음에는 청새치 그리고 나중에는 상어 떼와 사투를 벌이는 산티아고는 그리스 신화에 등장하는 시시포스 같은 인물이다. 신화의 주인공이면서도 신이 아닌 인간인 시시포스는 끊임없이 자신의 운명에 맞서 싸우는 인간의 용기와 의지를 보여 준다. 산꼭대기를 향해 커다란 바윗덩이를 쉴 새 없이 밀어 올리는 그 고역의 주인공처럼 산티아고도 온갖 시련을 겪지만 좀처럼 좌절하지 않고 끝까지 운명에 도전한다.

헤밍웨이 주인공 가운데에서 이 주인공만큼 그렇게 온갖 시련과 역경을 위엄 있게 극복하는 인물도 아마 찾아보기 쉽지 않다. 『태양은 다시 떠오른다』의 제이크 반스나 『무기여 잘 있어라』의 프레더릭 헨리 같은 청년, 또는 『누구를 위하여 종은 울리나』의 로버트 조던 같은 장년이 아니라 인생의 황혼기를 맞이한 노인이기에 그의 이러한 노력은 더욱 값지고 소중하다.

헤밍웨이의 다른 '규범적 주인공'과 마찬가지로 산티아고도 스토아주의자답게 위엄 있게 행동하고 의연하게 처신하려고 한다. 한편으로는 자제심이나 극기심을 최대한으로 발휘하고, 다른 한편으로는 명예심이나 위엄을 잃지 않으려고 애쓴다. 이러한 자제심과 절제, 극기심, 인내심은 헤밍웨이의 전형적인 '규범적 주인공'한테서 찾아볼 수 있는 특성이다. '어니', '헴', '헤미', '위미지', '파파' 등 헤밍웨이를 두고 부르는 별명이 많지만 첫 번째 아내 해들리 리처드슨과 그녀에게서 태어난 첫 아들 존은 헤밍웨이의 극기주의적인 태도를 염두에 두고 그를 '어니스토익(Ernestoic)'이라고 부르곤 하였다. 두말할 나위 없이 헤밍웨이의 이름 '어니스트(Ernest)'에 '스토익(Stoic)'이라는 어휘를 결합해 만들어낸 조어이다. 그런데 이 '어니스토익'이라는 별명은 헤밍웨이뿐만 아니라 산티아고 같은 허구적 인물한테도 썩 잘 어울린다.

금욕주의자들에게 흔히 그러하듯이 정신적 승리는 물질적 승리 못지않게, 아니 어쩌면 그보다도 훨씬 소중하다. 산티아고는 자신의 조각배보다도 60센티미터나 더 큰 청새치를 잡지만 결국에는 상어 떼에게 모두 빼앗기고 만다. 그가 청새치를 지키기 위해 사투를 벌이며 죽인 상어만도 무려 다섯 마리나 된다. 그가 항구로 무사히 돌아왔을 때 청새치는 상어 떼에게 뜯어 먹힌 나머지 형체는 알아볼 수 없고 오직 꼬리와 등뼈만이 앙상하게 남아 있다. 『노인과 바다』의 맨 마지막 장면에서 여성 관광객 한 사람이 청새치의 거대한 등뼈를 가리키며 웨이터에게 저것이 뭐냐고 묻는다. 그러자 웨이터는 상어라고 대답한다. 관광객은 "상어가 저토록 잘생기고 멋진 꼬리를 달고 있는 줄은 미처 몰랐어요"라고 대꾸한다. 헤밍웨이 특유의 반어법을 읽을 수 있는 대목이다. 이러한 반어법으로 독자들은 산티아고가 이 청새치를 잡기 위해 사투를 벌이며 겪은 고통을 좀 더 실감 나게 느낄 수 있다.

산티아고는 상어 떼와 사투를 벌이는 동안 한번은 이 모든 일이 차라리 한낱 꿈이라면 얼마나 좋을까 하고 생각한다. 또 이 순간 고기를 잡는 것이 아니라 차라리 신문지를 깔고 침대에서 혼자 누워 있었더라면 얼마나 좋았을까 하고 생각하기도 한다. 청새치와 벌이는 사투가 얼마나 필사적인지 알 수 있다.

그런데도 그는 온갖 어려움과 위험에 좀처럼 굴복하지 않는다. 청새치를 낚아 올린 뒤에도 이번에는 청새치를 빼앗는 상어 떼와 맞서 있는 힘을 다해 싸운다.

『노인과 바다』에서 크고 아름다운 자태를 자랑하는 청새치가 영웅주의와 스토아 정신으로 무장하고 주인공이 이룩하려는 원대한 꿈이나 이상을 상징한다면, 조각배의 뱃전에 동여매여 있는 청새치를 공격하여 뜯어먹는 상어는 그가 이러한 꿈이나 이상을 실현하지 못하도록 방해하는 적대자를 상징한다. 코가 삽처럼 생긴 상어 떼는 생김새부터 청새치와는 사뭇 다르다. 닥치는 대로 먹어치우는 상어 떼는 말하자면 '움직이는 식욕'에 지나지 않는다. 상어 떼는 우주의 무자비한 파괴력이나 인간에게 적의를 드러내는 자연, 또는 우주 곳곳에 도사리고 있는 우발성이나 위험성을 상징적으로 보여 준다. 인간이 이러한 힘과 싸워 승리를 거두기란 여간 어렵지 않을 것이다.

"하지만 인간은 패배하도록 창조된 게 아니야." 그가 말했다. "인간은 파멸당할 수는 있을지 몰라도 패배할 수는 없어." 하지만 고기를 죽여서 정말 안됐지 뭐야, 하고 그는 생각했다. 이제부터 정말 어려운 일이 닥쳐올 텐데 난 작살조차 갖고 있지 않으니. 덴투소란 놈은 무척이나 잔인하고 힘이 센 데다가 머리도 좋지. 하지만 그놈보다야 내가 더 똑똑하지. 아냐, 어쩌면 그렇지 않을는지도 몰라, 하고 그는 생각했다. 그놈보다 어쩌면 내가 좀 더 좋은 무기를 갖추고 있을 뿐인지도 몰라.

위 인용문에서 좀 더 찬찬히 주목해 볼 것은 "인간은 패배하도록 창조된 게 아니야. (……) 인간은 파멸당할 수는 있을지 몰라도 패배할 수는 없어"라는 문장이다. 언뜻 보면 '패배'와 '파멸' 사이에는 이렇다 할 차이가 없을지 모른다. 실제로 사전을 보아도 전자는 어떤 대상과 겨루어서 지는 것을 뜻하는 반면, 후자는 파괴되어 없어지는 것을 뜻한다고 풀이되어 있다. 그러니까 '파멸'은 '패배'의 결과로 볼 수 있다. 그러나 여기서 헤밍웨이는 산티아고의 입을 빌려 물질적 승리와 정신적 승리를 엄밀히 구분하고 있다. 즉, '파멸'은 물질적·육체적 가치와 관련된 반면, '패배'는 정신적 가치와 관련되어 있다.

산티아고는 물질적으로는 이렇게 파멸당할지 몰라도 정신적으로는 조금도 위축하거나 좌절하지 않는다. 어떠한 역경과 고난에도 좀처럼 굴복하지 않고 끝까지 목표를 달성하기 위해 온갖 노력을 아끼지 않는다. 외부의 힘에 의해 파멸당할망정 정신적으로는 좀처럼 패배를 인정하지 않는 산티아고야말로 '주인공(히어로)'의 본래의 뜻 그대로 영웅이다. 이러한 영웅적 주인공한테서 볼 수 있는 이러한 백절불굴의 정신이야말로 헤밍웨이가 무엇보다도 소중하게 생각하는 덕목이요 가치이다. 이 점을 쉽게 이해하기 위해서는 항구에 돌아온 뒤 산티아고와 마놀린이 주고받는 대화를 좀 더 자세히 살펴보아야 한다.

"일어나지 마세요." 소년이 말했다. "이걸 드세요." 소년은 유리잔에 커피를 조금 따랐다.
노인은 그것을 받아 마셨다.
"그놈들한테 내가 졌어, 마놀린. 놈들한테 내가 완전히 지고 만 거야." 노인이 말했다.
"할아버지가 고기한테 지신 게 아니에요. 고기한테 지신 게 아니라고요."
"그렇지. 정말 그래. 내가 진 건 그 뒤였어."

산티아고가 마놀린에게 "그놈들한테 내가 졌어, 마놀린. 놈들한테 내가 지고 만 거야"라고 말하는 것은 자신의 패배를 인정하는 것이다. 자신이 애써 잡은 청새치를 모두 상어한테 빼앗겼다는 것은 적어도 결과만 놓고 보자면 패배한 것과 다르지 않다. 장사꾼의 계산으로 보면 틀림없이 밑지는 장사이다. 그러나 여기서 마놀린이 산티아고에게 "할아버지가 고기한테 지신 게 아니에요. 고기한테 지신 게 아니라고요"라고 말하는 대목에 주목할 필요가 있다.

마놀린이 두 번이나 되풀이해 말하듯이 산티아고는 비록 육체적으로는 파멸당했을지 몰라도 청새치를 잡으려고 온갖 노력을 아끼지 않은 점에서 보면 조금도 패배한 것이 아니다. 마놀린의 말을 듣자 산티아고는 "그렇지. 정말 그래. 내가 진 건 그 뒤였어"라고 대꾸한다. 여기서 '그 뒤'란 상어 떼의 습격을 받고 난 뒤의 일을 말한다. 다시 말해서 사투를 벌인 끝에 잡은 청새치를 상어 떼한테 빼앗기기 전까지는 전혀 패배하지 않았다는 말이다. 더구나 상어 떼의 습격을 받고 비록 패배했을망정 자신이 세운 목표, 즉 큰 고기를 낚았다는 점에서 그는 정신적으로는 전혀 패배하지 않고 오히려 승리를 거둔 셈이다. 그에게 중요한 것은 결과가 아니라 어디까지나 과정일 뿐이다. 비록 결과가 만족스럽지 못해도 그것을 이룩해 가는 과정이 정당하고 떳떳하다면 그것으로 성공한 것이 된다.

여기서 작품이 처음 시작할 때 이 소설의 화자가 산티아고의 돛을 두고 "돛은 여기저기 밀가루 부대 조각으로 기워져 있어서 돛대에 높이 펼쳐 올리면 마치 영원한 패배를 상징하는 깃발처럼 보였다"고 하는 말에 속아 넘어가서는 안 된다. 얼핏 보면 주인공은 패배의 상징처럼 보일지도 모른다. 다른 어부들과는 달리 84일 동안 고기 한 마리 낚지 못했다는 사실도 산티아고는 어부로서 패배자라는 낙인이 찍히기에 충분하다. 마놀린의 부모가 노인을 '살라오', 즉 가장 운이 없는 사람이라고 부르는 것도 그렇게 무리는 아니다. 그러나 산티아고는 물질적으로나 육체적으로 파멸당할 뿐, 정신적으로는 결코 패배한다고 보기 어렵다.

헤밍웨이는 언젠가 확실하지 않은 내세를 생각하기보다 지금 현세의 삶에 충실해야 한다고 말한 적이 있다. "우리는 무덤 너머에 대해서는 아무것도 확신할 수 없는 우주의 일부이다. 종말은 암흑이라는 사실을 충분히 깨닫고 인간 자신에게서 용기 있게 빚어낸 실천적 윤리로 삶에서 우리가 할 수 있는 것을 만들어 내야 한다"고 말한다. 이 말에서는 여러모로 실존주의적 삶의 태도를 읽을 수 있다. 장 폴 사르트르나 알베르 카뮈처럼 헤밍웨이는 삶을 장밋빛처럼 낙관적으로 보지는 않지만 그렇다고 삶에 절망하거나 삶을 포기하지도 않는다. 실존주의자들에게나 그에게나 삶은 일회적이기 때문에 값지고 소중하게, 그리고 의미 있게 살아야 하는 것이다.

산티아고는 이러한 정신적 승리에서 비롯하는 자만심을 느낀다. 그런데 여기서 한 가지 눈여겨봐야 할 것은 그에게 자만심은 일반적 의미의 자만심과는 조금 다르다는 점이다. 자만심은 겸손함과 깊이 연관되어 있다. 그에게 이 두 가지는 상호 배타적인 개념이 아니라 어디까지나 상호 보완적인 개념이다. 산티아고의 자만심은 고대 그리스 비극의 주인공한테서 흔히 볼 수 있는 자만심(휴브리스), 즉 인간의 한계를 뛰어넘으려는 과도한 자만심과는 성격이 조금 다르다. 산티아고의 자만심과 관련하여 화자는 "그는 너무 단순한 사람이어서 자신이 언제 겸손함을 배웠는지도 생각해본 적이 없었다. 그러나 지금은 자신이 겸손해졌다는 것을 알고 있었으며, 그것이 부끄러운 일이 아니고 참다운 자부심이 덜해지는 일도 아니라는 것을 잘 알고 있었다"고 밝힌다.

『노인과 바다』의 주제와 관련해 스웨덴 한림원의 노벨 문학상 선정 위원회는 "폭력과 죽음의 그림자가 짙게 드리워진 현실 세계에서 선한 싸움을 벌이는 모든 개인에 대한 자연스러운 존경심"을 다루고 있는 작품이라고 평하였다. 여기서 말하는 '선한 싸움'이란 물질적으로나 육체적으로는 파멸당해도 정신적으로는 패배하지 않는 산티아고의 모습을 가리키는 말로 받아들여도 크게 틀리지 않을 것이다. 한마디로 산티아고는 물질적 가치보다는 정신적 가치, 결과보다는 과정, 목표보다는 수단과 방법에 무게를 싣는 인물이다.

시간의 쇠사슬에 얽매여 있고 죽음을 숙명처럼 안고 살아가는 인간은 파멸할 수밖에 없다. 『노인과 바다』에서 헤밍웨이는 이 사실을 깊이 깨닫고 있다.

> 그러나 자정 무렵 노인은 다시 한 번 [상어 떼와] 싸우게 되었고, 이번에는 그것이 승산 없는 싸움이라는 것을 알았다. 상어는 떼를 지어 몰려왔고, 그의 눈에는 상어의 지느러미가 수면에 길게 만들어 내는 줄과 상어가 고기에게 덤벼들 때의 인광이 보일 뿐이었다.

위 인용문에서 "승산 없는 싸움"이라는 구절에 찬찬히 주목해 볼 필요가 있다. 물론 이 표현은 지금 산티아고가 청새치를 지키려는 상어 떼와의 싸움이 한낱 부질없는 일이라는 사실을 인정하는 말이다. 그러나 이 구절을 산티아고 한 개인의 차원을 넘어 인간 전체로 넓혀 해석해 보면 좀 더 새로운 의미로 다가온다. 인간에게 삶이란 어쩔 수 없이 "승산 없는 싸움"일지도 모른다. 마르틴 하이데거의 말을 빌리자면 인간은 이 황량한 우주 속에서 "던져진 존재"에 지나지 않는다. 이러한 피투성(被投性)의 상황에서 인간의 노력은 한낱 승산이 없는 싸움이 될 수밖에 없다. 그러나 인간의 위대성은 그러한 패배에 굴복하지 않고 백절불굴의 정신으로 자신의 목표를 향해 용기 있게 앞으로 나아간다는 데 있다.

# 제5장
# 인간의 연대의식과 상호의존 정신

　인간의 삶이 궁극적으로 "승산 없는 싸움"이라면 이러한 싸움을 좀 더 의미 있게 해주는 것이 인간과 인간 사이의 유대감이나 연대의식이다. 어니스트 헤밍웨이는 『노인과 바다』에서 인간의 연대의식이나 협동 정신이 얼마나 중요한지 역설한다. 드넓은 바다에서 홀로 고기를 잡는 산티아고는 자칫 개인주의를 상징하는 인물로 생각하기 쉽다. 실제로 그는 아내와 사별한 뒤 판잣집에서 혼자서 외롭게 살고 있으며, 바다에서 고기를 잡을 때도 다른 어부들과 좀처럼 어울리지 않고 홀로 고기잡이를 한다. 그는 한때 초라한 오두막집 벽에 아내의 사진을 걸어 두었지만 그 사진을 바라볼 때마다 너무 울적한 기분이 들어 그것을 떼어 방구석 선반 밑에 넣어 두었다. 어쩌다 노인이 소년 마놀린과 함께 마을 술집 '테라스'에 앉아 있으면 어부들이 그를 놀려대기도 한다. 요즈음 용어로 표현하자면 산티아고야말로 집단 따돌림을 받는 독거노인(獨居老人)이라고 할 만하다.

그러나 이 작품에서 헤밍웨이는 언뜻 외롭고 쓸쓸한 산티아고의 삶을 통해 인간의 유대의식이나 연대의식이 얼마나 중요한지 지적한다. 오히려 산티아고는 고독과 소외를 겪으면서 이러한 의식이 절실하다는 사실을 터득했다고 보는 쪽이 더 정확할지 모른다. 한 장면에서 이 소설의 화자는 "노인은 바다 저편을 바라보며 자신이 얼마나 홀로 고독하게 있는지 새삼스럽게 깨달았다"고 말한다. 누구보다도 외롭고 쓸쓸하게 살아왔기에 그는 동료 인간과의 연대감이나 상호의존이 더욱 소중하다고 절감했을 것이다. 이렇듯 산티아고에게 고독은 그가 상호의존의 가치를 깨닫는 데 없어서는 안 될 필수 요소이다.

그런데 고독이 산티아고가 이러한 삶의 가치를 깨닫는 데 적합한 환경이나 분위기를 조성한다면, 마놀린은 외롭고 쓸쓸한 노인을 좀 더 구체적으로 연대의식과 상호의존의 세계로 안내하는 역할을 한다. 마놀린은 노인에게 음식과 옷을 비롯해 비누와 수건 같은 생필품을 마련해줄 뿐만 아니라 낚시 도구를 날라주고 미끼를 잡아주기도 한다. 더구나 그는 산티아고를 이렇게 물질적으로 도와주는 것에 그치지 않고 더 나아가 정신적 반려자 노릇을 하기도 한다. 운이 없어 고기 한 마리 잡지 못할 때도 언제나 노인을 위로해 주는 사람은 나이 어린 소년이다. 산티아고는 소년과 함께 있을 때면 좀처럼 외로워하나 실망하지 않는다. 이와 관련해 소설의 화자는 "노인은 아직 희망과 자신감을 잃지 않고 있었다. 그리고 미풍이 불어올 때처럼 희망과 자신감이 새롭게 솟구치고 있었다"고 밝힌다. 이렇듯 마놀린은 노인에게 희망과 자신감이라는 싱그러운 바람을 불어넣어 주는 자극제와 같은 인물이다.

마놀린에게 산티아고는 멘토요 롤모델이며 정신적 지주와 다름없다. 노인은 소년이 다섯 살이던 때부터 일찍이 그에게 고기 잡는 법을 가르쳐 줌으로써 궁극적으로 생계를 유지할 수 있는 방법을 일러준다. 어촌에서 태어나 자란 그는 산티아고처럼 바다에서 고기를 잡아 살아갈 수밖에 없을 것이다. 더구나 산티아고는 마놀린에게 육체적 양식뿐만 아니라 정신적 양식을 제공해 주기도 한다. 가령 그는 근면, 성실성, 정직, 인내심 같은 가치와 삶의 방식을 가르쳐 준다. 작품의 첫 장면에서 마놀린은 노인에게 "고기를 잘 잡는 어부는 많이 있고, 또 아주 뛰어난 어부도 더러 있죠. 하지만 할아버지에 비길 만한 사람은 없어요"라고 말한다. 산티아고한테서는 단순히 고기 잡는 일 말고도 다른 것을 배울 수 있다는 말로 받아들일 수 있다. 마지막 장면에서도 마놀린은 그에게 "얼른 나으셔야 해요. 전 아직 할아버지한테 배울 게 너무 많으니까요. 또 할아버지는 제게 모든 걸 가르쳐 주셔야 해요"라고 말한다. 그렇다면 산티아고는 나이 어린 마놀린에게 교사요 스승의 역할을 맡고 있는 셈이다.

그렇다면 마놀린은 과연 몇 살이나 될까? 이 질문에 대하여 학자들이나 비평가들 사이에서는 아직도 의견이 엇갈린다. 아직 열 살이 안 된다고 보는 사람이 있는가 하면, 이 작품의 화자가 '소년'이라는 어휘를 사용한다는 점을 들어 십대 소년이라고 보는 사람도 있다. 말이나 행동으로 미루어보면 아무래도 십대 초반인 듯하다. 여기서 중요한 것은 그의 신체적 나이가 아니라 정신적 나이이다. 비록 십대 초반이라고 해도 남을 배려하고 생각하는 마음씀씀이가 웬만한 어른 못지않거나 어른보다 더 낫다.

산티아고 노인은 어떤 의미에서 소년 마놀린에게 상징적 아버지의 역할을 하기도 한다. 산티아고에게서 소년을 떠나도록 한 것은 바로 소년의 아버지였다. 마놀린의 말대로 아직 나이가 어리기 때문에 그는 아버지가 시키는 대로 따를 수밖에 없다. 이 점에 대해서는 산티아고도 마땅히 그래야 한다고 말한다. 마놀린이 그에게 "그런데 아버지한테는 그다지 신념이라는 게 없어요"라고 말하자, 산티아고는 "그래, 그건 그렇다. 하지만 우리한테는 신념이 있지. 안 그러냐?"고 묻는다. 만약 아들이 자신의 아버지에게 신념이 없다고 생각한다면 그들의 관계는 정상적인 부자 관계라고 보기 어려울 것이다. 오히려 두 사람 사이에 신념이 있는 산티아고와 마놀린의 관계야말로 훨씬 부자 관계에 가깝다. 이 소설의 화자는 노인이 소년을 바라볼 때도 "햇볕에 그을린 눈빛으로 믿음직스럽고 다정하게 소년을 바라보았다"고 말한다.

그러나 때때로 산티아고와 마놀린의 역할은 서로 뒤바뀌기도 한다. 마놀린은 산티아고를 보살펴 주는 보호자는 말할 것도 없고 더 나아가 그에게 상호의존 정신을 일깨워 주는 스승의 구실을 한다. 영국의 낭만주의 시인 윌리엄 워즈워스는 일찍이 "어린이는 어른의 아버지"라고 노래한 적이 있었다. 그런데 적어도 마놀린은 산티아고에게 유대의식이나 상호의존 정신의 의미를 새롭게 깨닫게 해준다는 점에서 어른의 구실을 톡톡히 한다. 이렇듯 두 사람의 관계는 일방적이 아니라 어디까지나 쌍방적이다.

산티아고는 홀로 청새치와 싸우면서 여러 번 소년을 그리워한다. 노인이 고기잡이를 하면서 큰 소리로 혼잣말을 하는 습관이 있다. 그런데 이러한 습관은 소년이 그의 배에서 떠나고 혼자서 고기잡이를 하면서 생긴 것이다. 산티아고가 소년을 처음 그리워하는 것은 청새치에 끌려 북서쪽으로 가고 있을 때이다. "옆에 그 애가 있었으면 좋을 텐데. 나는 지금 고기한테 끌려가고 있고, 내 몸은 밧줄 걸이가 된 셈이야"라고 큰 소리로 말한다. 단순히 그리워만 하는 것이 아니라 자기 옆에서 고기잡이를 도와주고 쥐가 난 팔을 주물러 주기를 간절히 바란다. 밤새도록 계속 끌려가면서 그는 여전히 큰 소리로 "그 애가 옆에 있다면 얼마나 좋을까. 나를 도와줄 수도 있고, 이걸 구경할 수도 있을 텐데"라고 내뱉는다. 이 작품에서 그는 이와 비슷한 구절을 무려 여섯 번 정도 되풀이한다. 마치 민요의 후렴구처럼 이 구절을 되풀이하는 것을 보면 그가 얼마나 소년을 그리워하는지 충분히 미루어볼 수 있다.

이렇게 산티아고는 홀로 처음에는 청새치와, 나중에는 상어 떼와 사투를 벌이면서 마놀린을 그리워할 뿐만 아니라, 더 나아가 혼자서 멀리 고기잡이를 나온 것을 후회하기도 한다. 온갖 위험을 무릅쓰고 애써 잡은 청새치를 상어 떼에게 4분의 1이나 빼앗기고 난 뒤 산티아고는 "고기야, 난 이렇게 멀리 나오지 말았어야 했는데. 너를 위해서나 나를 위해서나 말이다. 고기야, 미안하구나"라고 혼잣말을 한다. 또한 그는 "내가 너무 멀리까지 나왔어. 내가 우리 둘을 모두 망쳐 버렸어"라고 말한다. 그런가 하면 "너무 멀리까지 나왔을 때 너는 이미 운수를 망쳐 버리고 만 거야"라고 밝히기도 한다.

여기서 산티아고가 혼자서 멀리 고기잡이를 나온 행동과 운수를 서로 관련시킨다는 점을 눈여겨봐야 한다. 과학이나 합리의 관점에서 보면 그의 그러한 행동과 운수 사이에는 아무런 상관이 없다. 그러나 대부분의 어부처럼 미신을 믿는 산티아고는 자신에게 운수가 따르지 않은 것은 소년의 말이나 마을 사람들의 말을 듣지 않고 혼자서 고기잡이를 나왔기 때문이라고 생각한다. 특히 상어 떼한테 애써 잡은 청새치를 빼앗긴 것은 운이 나쁜 때문이고, 이렇게 운이 나쁜 것은 동료 인간으로부터 멀리 떨어져 나왔기 때문이라고 판단한다.

산티아고는 운이란 고독 속에서는 찾을 수 없고 어디까지나 인간 사회 안에서 찾을 수 있다고 생각한다. "운이 있으면 어쩌면 앞쪽 반만이라도 가져갈 수 있겠지. 내게도 조금쯤은 운이 남아 있어야 할 게 아닌가. 그럴 리 없어, 하고 그는 말했다. 너무 멀리까지 나왔을 때 너는 이미 운수를 망쳐 버리고 만 거야"라고 혼잣말을 하는 까닭이 바로 여기에 있다. 그가 마놀린을 포함한 동료 인간과의 유대 관계가 얼마나 소중한지 깨닫는 장면이다.

"늙어서는 어느 누구도 혼자 있어서는 안 돼"라고 말하기도 한다. 한번은 마놀린과 마을 사람들이 자신에 대해 걱정하면 어떻게 하나 하고 생각하기도 한다.

아무도 나 때문에 걱정을 하지 않았으면 좋겠는데. 물론 그 아이는 내 걱정을 하고 있을 거야. 하지만 그 아이는 확신하고 있을 거야. 늙은 어부들도 내 걱정을 할 테지. 그 밖에 다른 많은 사람도 역시 내 걱정을 하고 있겠지, 하고 노인은 생각했다. 난 정말 좋은 마을에 살고 있구나.

이 장면에서 산티아고는 개인주의에서 공동체적 의식으로 한 걸음 더 바짝 다가선다. 물론 그는 어쩌다 자기에게 음식이나 맥주를 제공해주는 마을 사람들에게 고마움을 느끼고 있었다. 그러나 지금처럼 소년은 몰라도 마을 사람들에 대해서 그들과 같은 공동체에 속해 있다고 생각해본 적은 없다. 그가 처음 깨닫는 이러한 공동체 의식은 지금 지친 몸을 이끌고 항구로 돌아오면서 처음으로 "난 정말 좋은 마을에 살고 있구나"라고 생각하는 데에서 엿볼 수 있다. 이제껏 그는 자신이 '좋은 마을'에 살고 있다는 사실을 깨달은 적이 한 번도 없었던 것이다. '좋은 마을'이란 곧 그 구성원을 한 집안 식구처럼 배려하고 안

쿠바의 엘코브레에 있는 성모 마리아상. 쿠바 사람들에게 자유와 희망을 비춰주는 상징이다. 이 성모상은 1612년 엘코브레 지역 어부들이 바다에서 건진 것으로 발견 당시 '사랑의 성모'라고 새겨져 있었다. 1916년 교황 베네딕토 15세에 의해 '쿠바의 수호성인'으로 선포되었다.

녕을 걱정하는 공동체이다.

산티아고가 마침내 깨닫는 상호의존이나 유대의식은 항구에 도착해 소년과 나누는 대화에서 단적으로 엿볼 수 있다.

"사람들이 나를 찾았니?"

"물론이죠. 해안 경비대랑 비행기까지 동원됐어요."

"바다는 엄청나게 넓고 배는 작으니 찾아내기가 여간 어렵지 않았을 테지." 노인이 말했다. 그는 자기 자신과 바다가 아닌, 이렇게 누군가 말상대가 있다는 게 얼마나 반가운지 새삼 느꼈다. "네가 보고 싶었단다. 그런데 넌 뭘 잡았니?" 노인이 물었다.

"첫날에는 한 마리 잡았고요, 이튿날에도 한 마리, 그리고 셋째 날엔 두 마리나 잡았어요."

"아주 잘했구나."

"이젠 할아버지하고 같이 나가서 잡기로 해요."

"그건 안 돼. 내겐 운이 없어. 운이 다했거든."

"그런 소리 하지 마세요. 운은 제가 갖고 가면 되잖아요." 소년이 대꾸했다.

"네 가족들이 뭐라고 하지 않을까?"

망망대해에서 혼자서 독백만 하던 산티아고는 마놀린을 다시 만나 실제로 대화를 나누는 것이 무척이나 반갑다고 고백한다. "이렇게 누군가 말상대가 있다는 게 얼마나 반가운지 새삼 깨달았다"고 밝히는가 하면, 아예 "네가 보고 싶었단다"라고 솔직하게 털어놓기도 한다. 마놀린이 이제는 산티아고와 함께 고기잡이를 하겠다고 말하자 안 된다고 말하면서도 부정하는 강도는 고기잡이를 떠나기 전과는 비교도 되지 않을 만큼 훨씬 약하다. 똑같은 상황인데도 며칠 전에는 "그건 안 돼. 네가 타는 배는 운이 좋은 배야. 그러니 그 사람들하고 그냥 있어라"라고 단호하게 거절했지만, 지금 와서 그는 "그건 안 돼. 내겐 운이 없어. 운이 다했거든"이라고 한발 물러나서 말할 뿐이다. 마놀린이 여세를 몰아 운 같은 것은 믿지 않는다고 말하자 노인은 "네 가족들이 뭐라고 하지 않을까?"라고 말하면서 다시 한 발 더 뒤로 물러난다. 마놀린의 가족만 뭐라고 하지 않으면 이제부터는 소년과 함께 고기잡이를 나가겠다는 말로 받아들일 수 있다.

그런데 헤밍웨이는 산티아고가 깨닫는 연대의식이나 상호의존 정신을 강조하기 위하여 무척 세심한 주의를 기울인다. 『노인과 바다』에서 작중인물들이 음식을 함께 나누어 먹는 행위를 찬찬히 눈여겨보아야 한다. 기독교 문화권에서 다른 사람들과 함께 빵을 먹고 포도주를 마시는 행위에는 단순히 음식을 섭취하는 것 이상으로 자못 상징적인 의미가 실려 있다. 공관복음서에서는 예수 그리스도가 수난을 당하기 전날 밤, 열두 제자와 함께 가진 저녁 식사인 최후의 만찬과 비슷하다. 그리스도가 빵과 포도주를 들어 '자신의 몸'과 '자신의 피'라고 말하면서 제자들에게 나누어 주어 이 예식을 영원히 기념하라는 명령을 내렸다. 성찬식이나 성체성사는 바로 여기에서 비롯한 것이다. 이 최후의 만찬에서도 볼 수 있듯이 남과 더불어 식사를 하거나 음식을 나누는 행위는 종교적 의식 행위를 떠나서도 연대의식이나 상호의존 정신을 강조하는 것이다.

『노인과 바다』에는 유난히 음식을 나누고 먹는 장면이 많이 나온다. 마을 사람들은 별로 먹을 것이 없는 산티아고에게 음식을 대접해 준다. 산티아고와 마놀린이 만나는 첫 장면에서부터 음식 이야기를 나눈다. 노인을 마중 나간 소년은 그에게 "제가 '테라스'에서 맥주 한 잔 사드릴 테니 드시고 나서 어구를 나르도록 하죠"라고 말한다. 그러자 산티아고는 아무런 거리낌도 없이 "그렇게 하자꾸나. 우린 어부들이니까"라고 대답한다. 노인은 마놀린의 제안을 마다하거나 미안해하는 법이 없다. 기꺼이 음식을 받아먹고 남에게 음식을 나누어 준다. '테라스'에서 나와 산티아고의 판잣집에 도착해서도 소년은 그에게 "드실 만한 게 있나요?"라고 묻는다. 노인은 그에게 "노란 쌀밥 한 그릇이랑 생선이 있어. 너도 좀 먹을래?"라고 말한다.

그 뒤에도 마놀린은 산티아고에게 검정콩 밥과 바나나 튀김과 스튜 그리고 맥주를 가져다준다. 이 음식은 '테라스'의 주인 마르틴이 돈도 받지 않고 준 것이다. 노인은 "큰 고기를 잡으면 그 사람에게 뱃살을 줘야겠다"고 말한다. 산티아고는 마놀린에게 이렇게 마르틴이 음식을 준 것이 이번이 처음이 아니라고 말하면서 "그렇다면 뱃살보다 훨씬 더 좋은 부위를 줘야겠는걸. 그 사람은 우리에게 퍽 마음을 써주는구나"라고 말한다. 마르틴을 비롯한 다른 마을 사람뿐만 아니라 마놀린에게도

1958년 존 스터지스 감독이 연출한 「노인과 바다」에서 산티아고의 역할을 맡은 스펜서 트레이시와 마놀린 역의 필리페 파조스. 스펜서 트레이시는 이 영화로 그해 오스카 상 시상식에서 최우수 남우 주연상 후보에 올랐다.

"넌 참 친절하구나. 자, 그럼 어디 먹어 볼까?"라고 말한다. 산티아고가 팔십오 일째 되던 날 아침 마침내 고기잡이하러 떠날 때에도 마놀린과 함께 커피를 마신다.

이 작품의 마지막 장면에서도 소년은 '테라스'에 들러 산티아고 노인에게 갖다 줄 커피 한 잔을 주문한다. 그러면서 "뜨겁게 해주세요. 우유랑 설탕도 듬뿍 넣어 주시고요"라고 말하자 가게 주인은 "그 밖에 더 필요한 건 없니?"라고 묻는다. 가게 주인은 마놀린에게도 "너도 뭐 좀 마실래?"라고 친절하게 묻는다. 소년은 노인에게 커피를 갖다 준 뒤 다시 그에게 먹일 음식을 가지러 마을로 달려간다. 이처럼 마을 사람들이 서로 기꺼이 음식을 나누어 먹는다는 것이야말로 공동체 구성원 사이에 연대의식이나 유대의식, 상호의존 정신을 상징적으로 표현하는 행위인 것이다.

또한 헤밍웨이는 이 작품 전편에 걸쳐 사자의 상징이나 모티프를 즐겨 사용한다. 서구 문화 전통에서 사자가 차지하는 몫은 크다. 예를 들어 사자에 대해 구약성서에는 150번 넘게, 신약성서에서는 9번 정도 중요한 상징으로 자주 언급된다. 특히 구약과 신약을 가리지 않고 사자는 앞으로 올 예수 그리스도를 가리킨다. 가령 "유다는 사자 새끼로다"(「창세기」 49장 9절)라느니, "유대 지파의 사자 다윗의 뿌리가 이기었으니"(「요한계시록」 5장 5절)라느니 하는 구절이 바로 그러하다. 한편 미국 소설가이며 극작가인 어윈 쇼는 제2차 세계대전을 다룬 『젊은 사자들』(1948)이라는 소설을 출간해 관심을 끌었고, 이 작품은 1958년에 영화로 만들어져 더욱 큰 인기를 끌었다. 여기서 '젊은 사자들'이란 두말할 것 없이 기성세대에 맞서 젊음과 꿈을 구가하려는 용기 있는 젊은이들을 가리킨다.

아일랜드의 시인 윌리엄 버틀러 예이츠는 산문집 『비전』(1925, 1937)에서 "누구한테나 비밀스러운 삶의 이미지가 되는 어떤 한 장면, 어떤 한 모험, 어떤 한 그림이 있기 마련이다. 만약 그가 평생 그것에 대해 음미한다면 그것이 그의 영혼을 이끌 수도 있을 것이다"라고 말한 적이 있다. 산티아고한테도 바로 그런 장면이나 그림이 있다. 꿈속에 자주 나타나는 어린 사자의 모습이 바로 그것이다. 『노인과 바다』에서 산티아고는 모두 세 번에 걸쳐 사자 꿈을 꾼다.

산티아고가 맨 처음 사자 꿈을 꾸는 것은 사흘 동안의 고기잡이를 떠나기 바로 전날 밤이다. 이 꿈을 꾸기 전 그는 마놀린에게 "내가 네 나이였을 때는 아프리카를 항해하는, 가로돛을 단 범선에서 선원 노릇을 했지. 저녁 무렵이면 해안을 따라 어슬렁거리는 사자들을 보곤 했어"라고 말한다. 그런데 바로 그날 밤 그는 사자 꿈을 꾼 것이다. 작품의 화자는 "노인의 꿈속에는 이제 폭풍우도, 여자도, 큰 사건도, 큰 고기도, 싸움도, 힘겨루기도, 그리고 죽은 아내의 모습도 나타나지 않았다. 다만 여러 지역과 해안에 나타나는 사자들 꿈만 꿀 뿐이었다. 사자들은 황혼 속에서 마치 고양이 새끼처럼 뛰어놀았고, 그는 소년을 사랑하듯 이 사자들을 사랑했다"고 밝힌다.

여기서 화자가 어린 사자들을 고양이 새끼에 빗대는 점에 주목해야 한다. 화자가 사자를 고양이 새끼에 빗대는 것은 분류학적인 이유 때문이라기보다는 어린 사자가 애완용 동물인 고양이처럼 인간에게 친근하고 귀엽고 온순하기 때문일 것이다. 산티아고가 머릿속에 떠올리는 사자는 흔히 '백수의 왕'으로 일컫는 맹수가 아니라 어디까지나 귀여운 사자 새끼들이다. 수컷 사자 한 마리가 암컷 여러 마리를 거느리고 다니기 때문에 예로부터 사자는 동양과 서양을 가리지 않고 왕권을 상징하는 짐승으로 널리 사용되었다. 또 이 작품의 화자가 산티아고가 "소년을 사랑하듯 이 사자들을 사랑했다"고 말하는 점도 주목해 볼 필요가 있다. 주인공의 마음에 어린 사자들과 소년 마놀린은 마치 샴쌍둥이처럼 언제나 붙어 다닌다. 그래서 이 둘을 서로 분리해서 생각하기란 무척 어렵다. 그래서 그런지 그의 마음속에서 어린 사자들과 마놀린은 거의 동시에 나타난다.

산티아고가 두 번째로 사자를 꿈꾸는 것은 청새치와 사투를 벌일 때다. 청새치가 처음 몸을 드러낸 직후 그는 고기가 제발 잠을 자 줬으면 좋겠다고 생각한다. 그러면서 "그래야 나도 잠을 잘 수 있고, 또 사자 꿈도 꿀 수 있을 텐데. 도대체 왜 사자들만 머릿속에 남아 있는 것일까?"라고 혼잣말을 한다. 얼마나 산티아고는 몸 전체를 낚싯줄에 기댄 채 잠깐 눈을 붙이고 그 사이에 꿈을 꾼다.

그런 다음 노인은 길게 뻗은 노란 해변이 나오는 꿈을 꾸기 시작했는데 처음에 사자 한 마리가 이른 새벽 어두컴컴한 바닷가로 내려오더니, 이어 다른 사자들도 뒤따라 나타나기 시작했다. 그가 탄 배가 뭍에서 불어오는 저녁 미풍을 받으며 닻을 내리고 있었고, 그는 이물의 널빤지에 턱을 괴고 있었다. 더 많은 사자가 나타나지는 않는지 보려고 기다리는 동안 그는 기분이 자못 흐뭇했다.

위 인용문에서 눈여겨봐야 할 것은 꿈속에 해변에 나타나는 어린 사자가 한 마리가 아니라 떼를 지은 여러 마리라는 점이다. 물론 처음에는 한 마리가 나타나지만 곧 그의 뒤를 이어 여러 마리가 나타나기 시작한다. 고기잡이를 떠나기 전 꿈을 꿀 때도 "저녁 무렵이면 해안을 따라 어슬렁거리는 사자들을 보곤 했어"라고 말한다. 이렇게 꿈속에서 어린 사자는 언제나 단수가 아니라 복수로 떼를 지어 나타난다. 산티아고는 사자의 개별성보다는 집단성에 주목한다. 그러고 보니 "그는 기분이 자못 흐뭇했다"라는 마지막 문장도 예사롭지 않다. 떼를 지어 해변에서 노니는 어린 사자들은 그에게 잃어버린 젊음과 꿈 그리고 희망을 다시 한 번 깨닫게 해주는 한편, 유대의식이나 상호의존 정신을 산티아고가 마지막으로 사자 꿈을 꾸는 것은 항구에 도착한 뒤 판잣집에서 쓰러져 곤히 잠을 잘 때이다. 『노인과 바다』를 끝내는 마지막 장면에서 화자는 "길 위쪽의 판잣집에서 노인은 다시금 잠이 들어 있었다. 얼굴을 파묻고 엎드려 여전히 잠을 자고 있었고, 소년이 곁에 앉아서 그를 지켜보고 있었다. 노인은 사자 꿈을 꾸고 있었다"고 말한다. 이 장면에서는 소년 마놀린과 어린 사자들이 함께 등장한다는 점이 흥미롭다. 지금껏 산티아고의 의식에서 소년과 어린 사자는 서로 유기적으로 연결되어 있다.

산티아고가 유대의식이나 상호의존의 소중함을 깨닫는 데에는 어린 사자 못지않게 야구도 중요한 구실을 한다. 평소 헤밍웨이는 미국의 국민 경기라고 할 야구를 무척 좋아하였다. 그렇기 때문에 그가 여러 작품에서 야구를 언급하거나 비유적인 의미로 사용하는 것은 그렇게 놀랄 일이 아니다. 『노인과 바다』에서 그는 인간의 유대의식이나 상호의존을 보여 주는 더할 나위 없이 좋은 상징으로 사용한다. 그가 역시 좋아하고 작품에 즐겨 다루는 투우나 사파리 사냥 또는 낚시와 달리 야구는 고도로 발달한 팀 스포츠이다. 한마디로 야구는 협동의 스포츠라고 할 수 있다. 야구에서는 개인 선수가 아무리 경기를 잘해도 다른 선수들과의 협력이 없이는 승리할 수 없다. 인기 선수의 화려한 개인기에 의존하지 않고, 경기장에 나서는 아홉 명의 선수들은 말할 것도 없고 코칭스태프와도 힘을 모아 완벽한 연대를 이룰 때 비로소 승리할 수 있다. 흔히 "팀에는 '나'라는 개인은 존재할 수 없다"고 말하지만 야구에서만큼 이 말이 실감 나는 분야도 아마 없을 것이다.

산티아고는 청새치와 씨름하면서도 좀처럼 야구 생각을 뇌리에서 떨쳐 내지 못한다. 현대 문명이 만들어낸 기계를 싫어하면서도 그는 유독 휴대용 라디오가 있었으면 하고 바란다. 배에 가지고 다니면서 고기를 잡을 때 언제나 야구 중계를 들을 수 있기 때문이다. 이렇듯 야구는 강박관념처럼 그의 뇌리에 언제나 맴돈다. 마놀린도 산티아고 못지않게 야구를 좋아한다. 한번은 산티아고가 그에게 "우리 아프리카 이야기를 할까, 아니면 야구 이야기를 할까?"라고 묻자, 마놀린은 생각하지도 않고 금방 "야구 이야기가 좋겠어요"라고 대답한다.

이 작품에서 산티아고는 미국의 야구 선수들과 코치들 그리고 매니저들을 많이 언급한다. 그는 어떤 선수들을 직접 만나기도 한다. 가령 딕 시슬러도 그중의 한 사람이다. 시슬러는 1948년부터 1951년까지 필라델피아 팀에서 프로 선수로 경기를 한 뒤 카디널스, 레드삭스, 양키스팀에서 선수 및 코치로 명성을 날렸다. 그런데 그는 산티아고가 살고 있는 어촌의 '테라스'로 방문하곤 하였다. 1900년대 초부터 1932년까지 뉴욕 자이언츠 팀의 매니저로 일한 존 맥그로도 '테라스'를 방문했고, 산티아고는 그를 직접 만난 적이 있다. 그 밖에도 산티아고는

보스턴 레드삭스 팀의 테드 윌리엄스(왼쪽)와 뉴욕 양키스 팀의 조 디마지오(오른쪽). 개인 기량에서 윌리엄스가 디마지오보다 뛰어나지만, 팀워크에서는 디마지오가 훨씬 뛰어나다는 평가를 받았다. 이탈리아계 이주민이었던 디마지오는 형 빈스와 동생 돔과 함께 미국 메이저리그에서 활약했다. 메이저리그 야구 기록인 56경기 연속 안타로 유명하다. 디마지오는 『노인과 바다』의 산티아고에게 롤모델이요, 멘토였다.

1940년대에는 브루클린 다저스 팀의 매니저로, 1948년부터 1955년까지는 뉴욕 자이언츠 팀의 매니저로 활약한 리오 어니스트 듀로서도 언급한다. 비단 미국 선수뿐만 아니라 쿠바에서 태어나 미국에서 활약한 선수도 언급한다. 가령 1935년까지 보스턴, 신시내티, 브루클린, 뉴욕 자이언츠 팀에서 매니저로 활약한 아돌프 루케, 역시 쿠바 출신으로 1938년과 1940년에 세인트루이스 카디널스의 매니저로 활약한 마이크 곤살레스를 언급하기도 한다.

산티아고는 미국의 여러 프로 야구 선수 중에서도 조지프 폴 디마지오를 가장 좋아한다. 1936년에서 1951년까지 미국의 뉴욕 양키스 팀에서 중견수로 활약한 디마지오는 그에게 우상과 다름없다. 디마지오는 그의 실력을 인정받아 1955년에 마침내 '야구 명예의 전당'에 오르게 되었다. 한번은 마놀린이 그에게 클리블랜드의 인디언스 팀이 승산 있다고 말하자 산티아고는 곧바로 "애야, 양키스 팀을 믿어라. 그 훌륭한 디마지오 선수가 있잖니"라고 말한다. 이렇게 산티아고가 디마지오를 좋아하는 데는 그럴 만한 까닭이 있다. 물론 그의 아버지가 자신처럼 가난한 어부였다는 사실도 한몫한다. 그러나 무엇보다 그가 어느 선수보다도 협동에 능란하기 때문에 그를 좋아하는 것이다. 개인의 기량이나 타율로 말하자면 그와 비슷하거나 그보다 더 뛰어난 야구 선수들이 없지 않았다. 가령 보스턴 레드삭스 팀의 테드 윌리엄스도 그런 선수 중의 한 사람이었다.

그러나 팀 플레이어로서 역량을 발휘하여 야구팬한테서 사랑과 존경을 받은 선수로는 역시 디마지오가 첫 손가락에 꼽힌다. 그리고 산티아고는 디마지오가 발꿈치에 뼈돌기라는 핸디캡이 있으면서도 자신의 능력을 유감없이 발휘한다는 점에 더욱 감탄한다. 청새치와 사투하면서 산티아고는 "발뒤꿈치에 뼈돌기가 박혀 있으면서도 그것을 참고 최후까지 멋지게 승부를 겨루는 저 훌륭한 디마지오 못지않은 사람이 되어야지"라고 생각한다. 연대의식을 깨닫는 산티아고에게 디마지오는 말하자면 본받아야 할 롤모델인 셈이다.

그래서 그런지는 몰라도 요즈음 경영학에서는 야구를 회사 경영의 모델로 삼기도 한다. 희생 정신, 협동 정신, 위기에 대처하는 능력, 타인과의 유대 관계 등을 깨우치는 과정에서 야구는 회사 경영과 크게 다르지 않기 때문이다. 얼마 전 제프 앵거스가 『야구의 경영학』(2010)이라는 책을 출간하여 관심을 끌었다. 이 책에서 그는 잭 웰치나 빌 게이츠 같은 기업가보다는 차라리 코니 맥, 존 맥그로, 존 토레, 더스티 베이커 같은 야구 매니저들한테서 기업 경영을 배우는 쪽이 훨씬 낫다고 지적한다. 앵거스는 야구 경기에서 운영 관리를 비롯한 인력 관리, 자기 관리, 변화 관리 등의 방법을 찾는다.

## 제6장
# 『노인과 바다』의 현대적 의미

　고전의 반열에 오른 문학 작품은 시대마다 새롭게 읽힌다는 말이 있다. 고전은 좀처럼 세월의 풍화 작용을 받지 않는 작품이지만 새로운 독자에게 새로운 의미를 주는 작품도 고전이다. 다시 말해서 고전은 시대마다 주는 의미가 다르다. 이러한 독서 체험은 심지어 동일한 독자한테서 나타난다. 똑같은 고전 작품이라고 해도 젊었을 때 읽고 느끼는 작품의 의미가 다르고, 나이가 들어서 읽을 때 느끼는 의미가 다르다. 문학이 아무리 보편적이라고는 해도 역사적 시간에 따라 또 사회적 공간에 따라 그 의미가 달라질 수밖에 없다. 이렇게 시간과 공간의 두 축에 따라 의미가 달라지면 질수록 그 작품은 그만큼 생명력이 길다.

출간된 지 무려 60년이 지난 『노인과 바다』도 예외가 아니다. 그 어느 때보다 환경 위기나 생태계 위기가 중요한 의제로 떠오르는 지금, 독자들은 이 소설에서 자연에 대한 새로운 의미를 읽어낼 수 있다. 비관적으로 보는 과학자들은 앞으로 40여 년, 그러니까 2050년쯤이 되면 이 지구는 인간이 살기에는 아주 부적합한 곳이 될 것이라고 내다본다. 그 근거로 그때가 되면 석탄과 석유 같은 화석연료가 모두 고갈되고 아마존 강변 등 세계 곳곳에 남아 있는 열대 우림이 모두 파괴되는 시점을 든다. 화석연료가 고갈되면 현대 문명은 더 이상 지탱될 수 없고, 지구의 허파 노릇을 하는 열대 우림이 파괴되면 호흡조차 제대로 할 수 없는 지경에 이르게 된다는 것이다. 2050년경이라면 『노인과 바다』가 출간된 지 꼭 한 세기가 되는 시점이다.

이 소설은 생태 의식을 일깨우고 환경 문제를 다룬 '녹색 소설'로 읽어도 크게 무리가 없다. 이러한 환경 문제가 지금처럼 그렇게 첨예하게 부각되지는 않은 1950년대 초엽에 어니스트 헤밍웨이가 인간 중심주의에 회의를 품고 자연 친화적인 태도를 취했다는 사실이 무척 흥미롭다. 그는 주인공 산티아고의 말과 생각 그리고 행동을 통해 자연의 소중함과 생태계의 질서 그리고 우주 속에서 인간의 역할 등을 자연스럽게 표현한다. 적어도 이 점에서 그는 생태 의식이나 생태주의를 독자들에게

강요하다시피 하는 몇몇 '녹색' 소설가들과는 근본적으로 다르다. 환경 위기나 생태계 위기가 무척 심각하다고 하여 이 문제를 지나치게 도식적으로 표현하는 나머지 문학 작품으로 생명이 없는 작품을 쓰는 소설가들이 없지 않다. 그들의 작품은 삶의 문제를 예술적으로 형상화한 작품이라기보다는 환경 단체의 구호나 선전문과 크게 다르지 않다.

『노인과 바다』에서 산티아고의 생태 의식이나 생태주의는 다양한 모습으로 나타난다. 무엇보다도 먼저 그는 인간이 아닌 다른 피조물에 대한 관심이 무척 남다르다. 이러한 태도는 먹이를 찾아 드넓은 바다에서 살거나 바다 위를 날아다니는 새들을 바라보면서 가엾다고 생각하는 데에서도 엿볼 수 있다. 이른 새벽 그는 노를 저을 때 날치가 수면에서 날아오는 모습을 좋아한다.

> 노를 저으면서 날치가 수면에서 날아오를 때 내는 부르르 떠는 소리라든가, 그 빳빳이 세운 날개가 어둠 속을 날아갈 때 내는 쉿쉿 소리를 들을 수 있었다. 그는 날치를 무척이나 좋아하여 날치를 바다에서 가장 친한 친구로 생각했다.

이렇듯 산티아고에게는 날치도 죽여야 할 적이 아니라 오히려 '가장 친한 친구'일 따름이다. 어쩌면 그가 날치를 좋아하는 것은 그 어느 곳보다도 약육강식의 정글 법칙이 치열한 바다에서 조금도 주눅이 들지 않고 용기 있게 처신하기 때문인지도 모른다.

한편 이렇게 날개를 뻣뻣이 세운 채 수면을 씩씩하게 날아다니는 날치와는 달리, 먹이를 찾아 바다 위를 날아다니는 새들은 하나같이 연약하고 힘이 없는 것들이다. 그러나 산티아고는 이러한 새에 대해서도 적잖이 연민을 느낀다.

> 새들은 가엾다고 생각했는데, 그중에서도 언제나 날아다니면서 먹이를 찾지만 얻는 것이라곤 거의 없는 조그마하고 연약한 제비갈매기를 특히 가엾게 생각했다. 새들은 우리 인간보다도 더 고달픈 삶을 사는구나, 하고 그는 생각했다. (……) 바다가 이렇게 잔혹할 수도 있는데 왜 제비갈매기처럼 연약하고 가냘픈 새들을 만들어냈을까? (……) 가냘프고 구슬픈 소리로 울며 날아가다가 수면 위에 주둥이를 처박고 먹이를 찾는 저 새들은 바다에서 살아가기에는 너무 연약하게 만들어졌단 말이야.

산티아고가 연민을 느끼는 것은 비단 연약한 제비갈매기에 그치지 않고 휘파람새 같은 다른 새들도 마찬가지이다. 청새치와 사투를 벌이는 동안 그는 조그마한 휘파람새 한 마리가 북쪽에서 조각배 가까이 날아와 수면에 나지막하게 날고 있는 모습을 바라본다. 노인이 보기에 새는 몹시 지쳐 있었다. 처음에는 배의 고물에 앉아 있다가 노인의 머리 위로 맴돌다가 이번에는 좀 더 편안한 낚싯줄 위에 가서 앉는다. 그러자 그는 새에게 다정하게 말을 건넨다.

"너 몇 살이냐? 이번 여행이 첫 나들이 거야?" 노인이 새에게 물었다.
노인이 말을 걸자 새는 노인을 바라보았다. 새는 너무 기진맥진한 상태여서 제대로 낚싯줄을 살펴볼 겨를도 없어 보였다. 가냘픈 발가락으로 낚싯줄을 꽉 움켜잡고 있는 동안 아래위로 흔들거렸다.
"줄은 튼튼해. 아주 단단하다고, 간밤에는 바람 한 점 없었는데 그렇게 지쳐서야 되겠니?" 노인이 새에게 말했다. "새들은 앞으로 도대체 어떻게 되는 걸까?"

위 인용문을 지문을 빼고 대화 내용만 읽는다면 산티아고가 새가 아니라 사람에게 말을 건네고 있는 것으로 착각할 독자가 적지 않을 것이다. 그것도 경험이 많은 노인이 낯선 마을에 처음 여행을 갔거나 사회에 갓 진출한 나이 어린 사람에게 친절하고 다정하게 건네는 말로 생각할지 모른다. 산티아고는 휘파람새에게 "실컷 쉬어라, 작은 새야. 그러곤 뭍으로 날아가 인간이나 다른 새나 고기처럼 네 행운을 잡으려무나"라고 말하는가 하면, "새야, 네가 좋다면 우리 집에 머물러도 좋아, 지금 미풍이 불고 있는데 돛을 올리고 너를 뭍까지 데려다주지 못해 미안해. 하지만 난 지금 친구와 함께 있단다"라고 말하기도 한다.

예외 없는 규칙이 없다고 물론 여기에도 예외는 있기 마련이다. 산티아고는 바다에 사는 생물 중에서 고깔해파리를 유독 싫어한다. 조각배 옆에 고깔해파리가 바닷물 위에 누워 있다 다시 곧추섰다 하면서 수면에 떠 있다. 물속으로 1미터 조금 안 되게 치명적인 자주색 사상체(絲狀體)를 길게 늘어뜨린 채 물거품처럼 유유히 둥실둥실 떠다니고 있는 모습을 보자 그는 "아구아 말라로구나. 갈보 년 같으니"라고 내뱉는다. '아구아 말라'란 해로운 물을 뜻하는 스페인어이다. 스페인 사람들이 고깔해파리를 이렇게 부르는 것은 인간에게 도움을 주기보다는 오히려 해로움을 끼치기 때문이다.

산티아고도 독이 있기 때문에 고깔해파리를 싫어한다. 고깔해파리는 겉으로는 무지개 빛깔의 아름다운 거품을 내뿜고 있지만 실제로는 독을 품고 있다. 사상체의 일부가 낚싯줄에 붙어 있다가 어부가 고기를 낚아 올릴 때 그것을 손으로 만지게 되면 마치 독담쟁이덩굴이나 옻나무처럼 독이 올라 물집이 생긴다. 이 작품의 화자는 "아구아 말라의 독은 훨씬 빨리 번지는 데다 채찍을 맞은 자국처럼 부풀어 오른다"고 말한다.

그러나 산티아고가 이렇게 고깔해파리를 싫어하는 까닭은 인간에게 해를 끼치는 이유도 있지만 겉모습과 참모습, 외견과 실재가 너무 다르기 때문이다. 겉으로는 화려하게 무지갯빛으로 장식하고 있지만 실제로는 그 화려한 겉모습 뒤에는 인간에게 위험한 독이 도사리고 있다.

> 무지갯빛 거품은 아름다웠다. 그러나 그 거품은 바다에서도 가장 허황하기 짝이 없는 것이라 노인은 커다란 바다거북이 해파리를 먹어 치우는 것을 보면 기분이 좋았다. 바다거북들은 해파리를 보면 정면으로 다가가 눈을 딱 감은 채 몸을 완전히 등껍질 속에 숨기고 사상체니 뭐니 모조리 먹어 치우곤 했다. (······) 또한 폭풍우가 지나가고 난 뒤 해안으로 떠밀려 온 고깔해파리들 위를 걷는 것을 좋아했고, 뿔처럼 딱딱하게 굳은 발뒤꿈치로 그것들을 밟을 때 퍽퍽 하고 나는 소리를 듣는 것도 좋아했다.

이 작품의 한 장면에서 산티아고는 "실질적인 것이 아니고서는 아무런 의미가 없어"라고 말한다. 그의 말대로 그는 무엇보다도 실질적이고 실제적인 것, 겉과 속이 같은 것에 무게를 싣는 사람이다. 이러한 삶의 태도를 견지하는 그에게 고깔해파리야말로 "바다에서도 가장 허황하기 짝이 없는" 생물일 것이다. 그가 왜 고깔해파리를 "갈보 년 같으니"라고 부르면서 끔찍이 싫어하는지 그 까닭을 이제 알 만하다. 산티아고는 제비갈매기나 휘파람새 같은 생물은 친구처럼 그렇게 좋아하면서도 유독 고깔해파리가 바다거북한테 잡아먹히거나 해변에서 발에 밟혀 죽는 소리를 듣는 것을 좋아한다.

더구나 산티아고는 물고기 같은 피조물도 근본적으로는 인간과 그렇게 다르지 않다고 생각한다. 만약 인간과 인간이 아닌 다른 피조물 사이에 차이가 있다면 그것은 어떤 양적인 차이일 뿐 질적인 차이가 아니라고 생각한다. 산티아고는 지금 사투를 벌여 잡는 청새치 말고 언젠가 다른 청새치 한 마리를 낚은 경험을 회고한다. 수놈과 암놈 한 쌍이었는데 상대방에 대한 배려와 관심이 어떤 인간 못지않다. 가령 먹이를 발견하면 수놈은 언제나 암컷에게 먼저 먹이를 먹게 한다. 그뿐만 아니라 암컷이 낚시에 걸렸을 때 수놈의 행동은 마치 금슬 좋은 부부의 행동과 크게 다르지 않다.

그때 낚시에 걸려든 놈은 암놈이었는데 겁에 질려 사방으로 마구 날

뛰면서 필사적으로 투쟁하다가 곧 기진맥진해 버렸고, 그러는 동안 수놈은 계속 암컷 옆에 붙어서 낚싯줄을 넘어 다니기도 하고 암컷과 함께 둥그렇게 원을 그리며 수면을 맴돌기도 했다. (……) 소년의 도움으로 그놈을 배 안으로 끌어올렸을 때까지도 수놈은 한시도 뱃전에서 떠나지 않고 있었다. 그런 뒤 노인이 낚싯줄을 풀고 작살을 준비하는 동안 수놈은 암놈이 있는 곳을 보려고 뱃전 옆에서 공중 높이 뛰어올랐다가 날개처럼 생긴 자주색 가슴지느러미를 활짝 펴고 널찍한 자주색 줄무늬를 드러내 보이더니 물속 깊이 자취를 감춰 버렸다. 참으로 아름다운 놈이었지, 하고 노인은 그때의 추억을 되새겼다.

낚시에 걸린 암컷을 안타깝게 생각하면서 한 순간도 그녀의 곁을 떠나지 않으려는 것이 여간 감동적이지 않다. 심지어 암컷을 배 안으로 끌어올렸을 때도 수컷은 암컷을 생각하면 배전에서 좀처럼 떠나지 않을 뿐만 아니라 높이 뛰어올라 암컷의 모습을 보려고 하기도 한다. 산티아고는 수컷 청새치에 대해 "참으로 아름다운 놈이었지"라고 회고한다. 그런데 이 '아름답다'라는 형용사는 비단 공중에 높이 뛰어올랐다가 자주색 가슴지느러미를 활짝 펴고 널찍한 자주색 줄무늬를 드러내 보인 뒤 물속 깊이 자취를 감춰 버린 수컷의 겉모습만을 일컫는 말은 아니다. 암컷을 생각하고 배려하는 수컷의 애틋한 마음 또한 우아한 겉모습 못지않게 '아름답다'고 생각하는 듯하다.

뒷날 산티아고는 어부 생활을 하면서도 이 사건만큼 그렇게 가슴 아프고 감동적인 일이 없다고 회고한다. "청새치를 잡으면서 목격한 일 중에서 가장 슬픈 사건이었어"라고 그는 생각한다. 그가 이렇게 '가장 슬픈 사건'이라고 말하는 것은 암컷 청새치에 대한 수컷 청새치의 사랑과 배려가 어느 인간 못지않은데 그 둘의 사이를 영원히 갈라놓았기 때문일 것이다. 산티아고는 "그 애[마놀린]도 슬퍼했고, 우리는 암놈에게 용서를 빌고는 즉시 칼질을 해버렸지"라고 말한다. 그런데 암컷 청새치가 고통을 느끼지 않도록 즉시 칼질한 것까지는 이해가 되는데 왜 암컷에게 용서를 빌었을까? 모르긴 몰라도 그는 아마 인간이 다른 피조물을 함부로 죽일 권리가 없다고 생각하기 때문일 것이다.

그러고 보니 산티아고의 태도는 북아메리카 대륙에 오랫동안 살아온 인디언 원주민들의 태도도 비슷한 데가 있다. 북아메리카 인디언 중 많은 부족들은 자신들을 동물과 동등한 관계에 있거나, 더 나아가 친족 관계에 있다고 믿었다. 동물들이 인간과 동등한 관계나 친척 관계에 있다면 인간과 동등한 권리를 존중받아야 마땅할 것이다. 야생 동물에 대한 태도는 그들이 동물들에 이름을 붙인 데에서도 쉽게 엿볼 수 있다. 가령 수 인디언들은 짐승을 사람과 같은 동등한 인간으로 취급하여 새를 '날아다니는 사람들', 물고기를 '헤엄치는 사람들', 벌레를 '기어 다니는 사람들'이라고 불렀다.

이와는 반대로 인디언들은 자신들의 이름을 지을 때 동물의 이름이나 자연 현상을 따서 짓기 일쑤였다. 가령 유명한 인디언 추장 중에서 '앉아 있는 황소'니 '미친 말'이니 '붉은 매'니 '점박이 뱀'이니 하는 이름을 쉽게 볼 수 있다. 또한 '통나무 사이'니 '붉은 구름'도 그러한 경우의 좋은 예가 된다. 1990년 케빈 코스트너가 주연한 서부 영화 「늑대와 함께 춤을」이 인기를 끈 적이 있다. 영화를 보고 나서야 비로소 이 제목이 주인공의 이름인 것을 알 수 있다. 이렇게 동물을 사랑하는 인디언들은 어쩔 수 없이 그들을 죽일 때는 반드시 그들에게 먼저 용서를 구하는 기도를 드리고 난 뒤에 죽였다. 그리고 그것으로도 모자라 아주 슬픈 마음으로 죽였던 것이다.

그런데 여기서 산티아고가 과거가 아닌 현재 사건에서 마침내 청새치를 잡은 뒤 "다행스럽게도 저놈들은 저희들을 죽이는 우리 인간들보다 똑똑하지가 않단 말이야"라고 말하는 점을 눈여겨봐야 한다. 여기에서 산티아고는 초기 인류를 가리키는 학명인 '호모 사피엔스'나 현생인류(現生人類)인 '호모 사피엔스 사피엔스'를 언급하고 있는 듯하다. '똑똑하다'는 말은 지혜를 지니고 있다는 말이고, 이는 곧 원숭이나 '호모 에렉투스'를 비롯한 다른 동물과 인간을 구분 짓는 특징 중 하나이다. 이렇게 청새치를 사람보다도 똑똑하지 않다고 말한다고 하여 인간이 아닌 물고기를 얕잡아보는 것은 아니다. 산티아고는 위의 말을 내뱉은 다음 곧바로 "비록 저놈들이 우리 인간들보다 더 기품이 있고 힘이 세지만 말이지"라고 단서를 붙인다. 인간과 비교하여 청새치는 비록 지적 능력이 떨어질지는 몰라도 기품이나 힘으로 보면 오히려 인간을 압도한다고 생각하는 것이다.

산티아고의 자연 친화적인 태도는 그에게 삶의 터전인 바다를 바라보는 시각에서 가장 뚜렷이 엿볼 수 있다. 바다를 뜻하는 스페인어는 같은 로망스어 계통에 속하는 프랑스어나 이탈리아어와는 또 다르다. 프랑스에서는 바다를 여성형으로 간주하여 '라 메르(la mer)'라고 부르는 반면, 이탈리아어에서는 남성형으로 간주하여 '일 마레(il mare)'라고 부른다. 그러나 스페인어에서는 바다를 지칭하는 여성형 명사도 있고 남성형 명사도 있다. 즉 '라 마르(la mar)'라는 여성 명사와 '엘 마르(el mar)'라는 남성 명사가 동시에 사용된다. 그런데 산티아고는 바다를 언제나 여성형으로 간주해 '라 마르'라고 부른다.

노인은 바다를 늘 '라 마르'라고 생각했는데, 이는 이곳 사람들이 애정을 가지고 바다를 부를 때 사용하는 스페인 말이었다. 물론 바다를 사랑하는 사람들도 바다를 나쁘게 말할 때가 있지만, 그럴 때조차 바다를 언제나 여자인 것처럼 불렀다. (……) 노인은 늘 바다를 여성으로 생각했으며, 큰 은혜를 베풀어 주기도 하고 빼앗기도 하는 무엇이라고 말했다. 설령 바다가 무섭게 굴거나 재앙을 끼치는 일이 있어도 그것은 바다로서도 어쩔 수 없는 일이려니 생각했다. 달이 여자에게 영향을 미치는 것처럼 바다에도 영향을 미치지, 하고 노인은 생각했다.

언뜻 보면 바다를 여성형 '라 마르'로 부르든지 남성형 '엘 마르'로 부르든지 그것이 무슨 상관이냐고 생각할지 모른다. 그러나 "장미는 어떤 다른 이름으로 불러도 아름다운 그 향기는 변함없다"고 한 윌리엄 셰익스피어의 말에 속아 넘어가서는 안 된다. 어느 대상을 어떠한 이름으로 부르느냐에 따라 그 대상에 대한 태도가 크게 달라지기 마련이다.

산티아고가 바다를 두고 "큰 은혜를 베풀어 주기도 하고 빼앗기도 하는 무엇"이라고 말하는 것을 보면 여성 중에서도 어머니로 간주하고 있는 것 같다. 생태 의식이 강한 민족일수록 그동안 온갖 곡식을 길러 인간에게 풍요와 다산을 안겨 주는 땅을 여성으로 간주해 왔다. 여성 중에서도 특히 자식을 낳아

기르는 어머니에 빗대기 일쑤였다. 아메리카 인디언을 비롯한 여러 민족은 아직도 땅을 '어머니 대지'나 '대지의 어머니'라고 부른다. 굳이 먼 데서 예를 찾을 필요도 없이 우리 한민족도 예로부터 대지를 어머니처럼 숭배하였다. 한국의 대지의 여신이라고 할 산신할망(삼승할망)이 바로 그 좋은 예라고 할 수 있다. 할망이란 할머니를 뜻하기도 하지만 본디 한어머니, 즉 큰 어머니를 뜻하였다.

산티아고는 때로 바다가 무서운 풍랑을 일으켜 인간에게 재앙을 끼치는 일이 있어도 바다로서는 어쩔 수 없는 일이라고 생각한다. 여성들이 달의 영향을 받듯이 바다도 달한테서 영향을 받기 때문이다. 인간은 대지의 젖을 빨고 살아가는 것처럼 바다에서도 온갖 자양분을 섭취하며 살아간다. 산티아고처럼 이렇게 바다를 자애로운 어머니라고 생각한다면 자연에 대한 태도는 달라질 수밖에 없을 것이다. 자식이 어머니를 함부로 대할 수 없듯이 인간은 자연을 함부로 대할 수 없는 것이다. 자연을 훼손하는 것은 곧 어머니를 해치는 근친상간이요, 궁극적으로 어머니를 죽이는 친족 살해와 크게 다르지 않기 때문이다. 지모신(地母神)이나 해모신(海母神)을 숭배하는 민족치고 자연 친화적이지 않고 생태적이지 않은 민족은 거의 없다.

한편 산티아고의 반대편에는 신세대에 속하는 젊은 어부

중 몇몇이 자리 잡고 있다. 자연과 조화나 균형을 이루면서 살아가는 산티아고와는 달리 그들은 바다를 '라 마르'로 부르지 않고 어디까지나 남성으로 간주해 '엘 마르'라고 부른다. 같은 어촌에 살면서 고기잡이를 해도 젊은 어부들의 태도는 이렇게 사뭇 다르다.

> 젊은 어부들 가운데 몇몇, 낚싯줄에 찌 대신 부표를 사용하고 상어 간을 팔아 번 큰돈으로 모터보트를 사들인 부류들은 바다를 '엘 마르'라고 남성형으로 부르기도 했다. 그들은 바다를 두고 경쟁자, 일터, 심지어 적대자인 것처럼 불렀다.

산티아고가 낚싯줄과 낚시 그리고 미끼를 사용해 전통적인 방법으로 고기를 잡는 것과는 달리, 젊은 어부들은 낚싯줄을 떠 있게 하는 부표를 사용해 고기를 잡는다. 또한 젊은 어부들은 상어 간을 팔아 번 돈으로 모터보트를 구입하여 고기잡이를 하기도 한다. 기계 문명이 이 조그마한 어촌에까지 들어온 것이다. 편리하고 쉽게 고기를 잡을 수만 있다면 젊은 어부들은 어떠한 방법이라도 마다하지 않는다.

그런데 문제는 이러한 차이가 단순히 고기 잡는 방법의 차이가 아니라는 데 있다. 그것은 곧 세계관의 차이요 자연에 대한 태도의 차이이다. 부표나 모터보트가 상징하듯이 젊은 세대 어부들은 자연을 지배와 종속, 심지어 착취의 대상으로 생각한다. 위 인용문에서 찬찬히 눈여겨볼 것은 젊은 어부들이 바다를 남성형으로 부르면서 "경쟁자, 일터, 심지어 적대자인 것"처럼 부른다는 점이다. 산티아고가 바다를 "큰 은혜를 베풀어주는" 자애로운 어머니로 부르는 것과는 하늘과 땅만큼 큰 차이가 난다. 산티아고에게 바다는 일터일망정 한 번도 경쟁자라고 생각한 적이 없었고 적대자는 더더욱 아니었다. 이 '일터'라는 말도 좀 더 따지고 보면 산티아고와 젊은 세대들이 사용하는 의미가 서로 다르다. 산티아고에게 일터는 생계를 유지하기 위한 삶의 터전을 뜻하지만 젊은 세대에게 일터는 이익을 추구하는 장소를 뜻한다.

이 점에서 젊은 어부들은 이성과 합리의 자식들로 보아 크게 틀리지 않다. 자연과 친화적인 관계를 맺고 있지 않으며 또 자연의 피조물에 대해서도 이렇다 할 관심을 기울이지 않는 그들은 인간과 자연을 이항 대립적으로 파악한다. 즉 그들에게 인간은 주체요 동일자인 반면, 자연은 객체요 타자이다. 자연은 한낱 지배와 정복의 대상이요 더 나아가 착취의 대상일 뿐이다. 문명이라는 것도 엄밀히 따지고 보면 자연을 조직적으로 지배하고 정복하고 착취한 결과와 다름없다. 그 지배나 정복

또는 착취가 정교하면 정교할수록 문명의 순도는 그만큼 높아진다. 젊은 어부들이야말로 과학과 기술이라는 그럴듯한 이름으로 자연을 훼손하고 오염시켜 오늘날 인류가 겪고 있는 위기를 불러온 세대를 상징한다고 할 수 있다.

그러나 자연을 전일적(全一的)으로 파악하는 산티아고에게 인간은 어디까지나 자연의 일부, 좀 더 과학적으로 말하자면 생태계의 소중한 구성원일 뿐이다. 인간과 자연은 마치 육체와 영혼의 관계처럼 서로 떼어서 생각할 수 없다. 육체를 영혼에서 분리하는 순간 사멸하듯이 인간도 자연에서 분리되자마자 그 존재 이유를 상실하게 되기 때문이다. 젊은 어부들이 이성과 과학적 지식을 토대로 자연을 정복하고 착취한다면, 산티아고는 자연의 질서와 법칙에 거슬리지 않고 순응하며 살아가는 자연 친화적 인물이다. 그는 자신이 잡은 청새치가 불쌍하다고 생각하며 그에게 미안하게 생각한다. 젊은 세대에 속한 어부들과는 달리 그는 자신이 낚는 고기를 단순히 물리쳐야 할 적대자나 경쟁자로 보지 않기 때문이다.

산티아고가 자연의 일부라는 사실은 그가 마침내 청새치를 뱃전에 동여매고 항구로 돌아오는 장면을 보면 잘 알 수 있다. 이 장면에서는 과연 누가 고기 잡는 어부이고 누가 물고기인지, 어느 쪽이 인간이고 어느 쪽이 자연인지 좀처럼 구별할 수 없다. 이 둘은 하나로 결합되어 서로 구분 짓기란 여간 어렵지 않다. 산티아고는 "우리는 지금 마치 형제처럼 항해하고 있지 않은가"라고 생각하면서도 도대체 누가 누구를 항구로 끌고 가는지 모르겠다고 말한다.

> 고기가 나를 데려가고 있는 건가, 아니면 내가 고기를 데려가고 있는 건가, 하고 그는 생각했다. 만약 내가 고기를 뒤에 두고 끌고 가고 있는 것이라면 아무런 문제가 없어. 고기 놈이 모든 위엄을 잃어버린 채 지금 배 안에 있다고 해도 역시 아무런 문제가 없지. 하지만 고기와 배는 지금 서로 묶인 채 나란히 항해하고 있는 중이야. 만약 고기 놈이 나를 데리고 가는 거라면 그렇게 하라지, 하고 그는 생각했다.

위 인용문을 읽노라면 장주(莊周)가 『장자(莊子)』의 「제물론(齊物論)」에서 말하는 호접몽(胡蝶夢)이 떠오른다. 장주가 꿈속에서 나비가 된 것인가, 아니면 나비가 꿈속에서 장주가 된 것인가? 장주가 사물과 자기와의 구별을 잊은 채 물아일체(物我一體)의 심경을 느낀 것처럼 이 장면에서 산티아고도 그와 비슷한 심경을 느낀다. 고기가 그를 항구로 데려가고 있는 것인가, 아니면 그가 고기를 데려가고 있는 것인가? 이렇게 물아일체의 경지에서는 주체와 객체, 동일자와 타자가 끼어들 자리란 없을 것이다. 적어도 이 점에서 『노인과 바다』는 인간을 만물의 영장으로 내세우는 공자(孔子)와 맹자(孟子)의 유가(儒家) 사상보다는 노자(老子)와 장자의 도가(道家) 사상에 훨씬 가깝다.

그렇다면 산티아고가 온갖 희생을 무릅쓰고 청새치를 잡는 행동을 어떻게 설명해야 할까? 한마디로 그것은 어디까지나 생태계 법칙이나 자연 질서에 따른 것일 뿐 반생태적인 행동으로 볼 수 없다. 자연 속에서 식물과 동물은 서로 먹고 먹히며 살아간다. 이러한 자연의 법칙은 생태계를 유지하는 기본 원칙이다. 광합성을 하여 스스로 에너지를 만들어낼 수 없는 인간은 어쩔 수 없이 다른 생물을 먹이로 삼아 살아갈 수밖에 없다.

여기서 잠시 포식(捕食)에 대해 살펴볼 필요가 있다. 생태학에서 포식자란 먹이를 잡아먹는 유기체를 말하고, 피식자란 잡아먹히는 유기체를 말한다. 이러한 생물학적 상호 작용을 흔히 포식으로 일컫는다. 포식자는 포식의 행위로 피식자를 죽게 만들며, 피식자의 세포 조직을 소비를 통해 흡수한다. 포식이나 소비는 육식과 초식 말고도 죽은 물질의 유기체를 먹는 부생도 있다. 이러한 소비 분류 행위는 하나같이 소비-자원 체계에서 일어난다. 그래서 경우에 따라 포식은 다양한 형태의 식성과 분리하기 어렵다.

생태계 안에서 종(種) 사이에 포식자와 피식자, 소비자와 생산자의 관계를 나타낸 것이 다름 아닌 먹이사슬 또는 먹이그물이다. 생물 군집을 이루고 있는 개체들 사이에서는 서로 먹고 먹히는 관계가 만들어진다. 이러한 관계를 순서대로 나열한 것을 먹이사슬이나 먹이그물이라 한다. 먹이사슬이나 먹이그물은 '먹이'의 형태로 태양 에너지가 생물의 몸속으로 차례차례 전송되어 가는 과정이다. 태양 에너지를 이용하여 무기물에서 유기물을 합성하는 녹색 식물을 생산자라 하고, 유기물을 자기 스스로 합성할 수 없는 동물을 소비자라고 한다. 소비자 중에서 생산자를 먹는 것을 초식동물 또는 1차 소비자 1차 소비자를 잡아먹는 것을 2차 소비자, 2차 소비자를 잡아먹는 것을 3차 소비자라고 부른다. 이러한 동물과 식물의 죽은 몸체는 세균과 같은 분해자에 의해 분해되고, 그로 말미암아 생긴 무기 염류는 최종적으로 다시 식물로 흡수된다. 대부분의 생물들이 다양한 먹이를 삼고 있기 때문에 단일한 먹이사슬이 존재하는 일은 거의 없이 거의 모두가 '먹이그물'을 형성한다.

　이러한 해양 생태계는 『노인과 바다』에서도 쉽게 엿볼 수 있다. 예를 들어 산티아고를 비롯한 인간은 청새치를 잡아먹고 살아가고, 청새치는 고등어나 청어 같은 작은 물고기를 먹고 살아가며, 고등어나 청어는 새우 같은 갑각류를 먹이로 살아간다. 새우는 규조류 같은 식물성 플랑크톤을 먹고 살아가고, 동물성 플랑크톤은 식물성 플랑크톤을 먹고 살아간다. 이를 도표로 그려보면 '식물성 플랑크톤(생산자) → 동물성 플랑크톤(1차 소비자) → 작은 물고기(2차 소비자) → 큰 물고기(3차 소비자)'가 될 것이다. 이렇게 바다에 살고 있는 유기체들은 그들이 섭취하는 유기체에 생물군계나 에너지가 전달되는 방향으로 화살표로 연결된다. 이로써 에너지가 생산자로부터 종속 영양 생물인 소비자에게 전달되는 과정을 한눈에 알아볼 수 있다. 일반적으로 먹이사슬 또는 먹이그물은 연결된 그림만을 의미하지만 '먹이 네트워크'나 '생태 네트워크'는 전달되는 영양분이나 에너지의 양을 나타낸다. 먹이사슬이나 먹이그물은 특정한 동물이나 식물이 과밀하게 늘어나는 것을 막아주어 동물과 식물들이 살아가는 데 중요한 역할을 한다.

드넓은 바다에서 평생 고기를 잡으며 살아온 산티아고는 누구보다도 해양 생태계의 먹이사슬을 잘 알고 있다. 자신이 청새치를 잡아먹고 살아가는 것처럼 상어가 자신이 잡은 청새치를 뜯어먹는 것도 먹이사슬의 관점에서 보면 당연한 일이다. 상어는 청새치 말고도 바다거북과 바다표범, 여러 물고기 등을 먹고 살아가기 때문이다.

이 세상의 모든 것은 어떤 형태로든 다른 것들을 죽이고 있어, 하고 그는 생각했다. 고기를 잡는 일은 나를 살려 주지만, 동시에 나를 죽이기도 하지. 그 소년은 나를 살려 주고 있어, 하고 노인은 생각했다. 나 자신을 너무 속여서는 안 되지.

여기서 산티아고는 다름 아닌 포식자와 피식자의 관계를 말하고 있다. 그가 "이 세상의 모든 것은 어떤 형태로든 다른 것들을 죽이고 있어"라고 말하는 것은 생태계 법칙을 깨닫고 있기 때문이다. 방금 앞에서 언급했듯이 생산자에서 소비자로 음식 에너지가 전달되는 과정을 그는 '죽인다'라는 말로 표현하고 있을 뿐이다. 그렇다면 두 번째 문장 "고기를 잡는 일은 나를 살려 주지만, 동시에 나를 죽이기도 하지"를 어떻게 받아들여야 할까? 고기잡이 일이 도대체 어떤 방식으로 산티아고를 죽일까? 청새치를 잡는 동안 그는 여러 어려움을 겪기 때문에 그가 겪는 시련과 고통을 뜻한다고 이해할 수 있다. 다랑어를 잡아 허기를 채우기는 하지만 꼬박 사흘 동안이나 아무것도 먹지 못한 채 청새치와 사투를 벌이면서 그가 겪는 고통은 참으로 엄청나다. 피로에 지치고 정신마저 몽롱해지면서 산티아고는 한때 "고기야, 네놈이 나를 죽이고 있구나"라고 생각하는 것을 보면 더더욱 그러한 생각이 든다.

그러나 달리 생각해 보면 "동시에 나를 죽이기도 하지"라는 말은 생태학적 관점에서 보면 큰 의미가 있다. 여기서 산티아고는 포식자가 아닌 피식자로 자신을 생각하고 있기 때문이다. 지금 고기를 잡다가 바다에서 죽든, 아니면 뒷날 목숨이 다하여 뭍에서 죽든 그의 몸체는 분해자에 의해 분해되어 그의 무기염류는 최종적으로 다시 다른 생물로 흡수된다는 사실을 언급하고 있는 듯하다. "고기를 잡는 일은 나를 살려 주지만"이라는 앞 구절은 포식자로서의 산티아고를 가리키고, "동시에 나를 죽이기도 하지"라는 뒤 구절은 피식자로서의 산티아고를 가리킨다.

산티아고의 생태 의식이나 생태주의를 가장 뚜렷이 읽을 수 있는 곳은 다름 아닌 좁게는 물고기에서 넓게는 우주의 삼라만상을 형제자매라고 생각하는 태도이다. 바다에 살고 있는 고기는 하나같이 산티아고에게는 형제들이다. 돌고래 암컷과 수컷 두 마리가 한밤중에 조각배 주위에 다가와 이리저리 뒹굴며 물을 내뿜는 모습을 바라보며 그는 "착한 놈들이지. 놈들은 함께 놀고 장난도 치고 사랑도 하지. 저 돌고래들은 날치와 마찬가지로 우리의 형제들이지"라고 말한다. 비단 돌고래와 날치만이 아니고 산티아고가 잡은 청새치도 그에게는 어디까지나 형제일 뿐이다.

피곤한 데다 허기에 지친 산티아고는 힘을 얻기 위하여 다랑어를 잡아 조각으로 잘라 먹으면서도 낚시에 걸려 아무것도 먹지 못하고 있는 청새치를 안쓰럽게 생각한다. 자기가 잡은 고기가 먹지도 못하고 굶고 있어 불쌍하다고 생각한다는 것은 보통 어부로서는 상상할 수도 없는 일이다. 그런데도 그는 청새치에게 먹을 것을 주고 싶다고 말한다.

물속의 고기 놈한테도 먹을 것을 좀 줬으면 좋겠는데, 하고 그는 생각했다. 저놈하고 난 형제 사이니까. 하지만 나는 저놈을 꼭 죽여야 하고, 그러기 위해서는 힘이 빠져선 안 돼. 천천히 그리고 열심히 그는 쐐기 모양의 생선 조각을 모두 먹어 치웠다.

"저놈하고 난 형제 사이니까"라는 문장이 위 인용문의 의미를 캘 수 있는 키워드이다. 생태계의 엄연한 법칙 앞에서는 비록 죽고 죽이고 먹고 먹히는 포식자와 피식자의 비정한 관계이지만, 산티아고와 청새치의 관계는 한 부모한테서 같은 피를 받고 태어난 형제일 뿐이다. 얼마 뒤에도 그는 청새치에게 다시 한 번 "이 형제야, 난 지금껏 너보다 크고, 너보다 아름답고, 또 너보다 침착하고 고결한 놈은 보지 못했구나. 자, 그럼 이리 와서 나를 죽여 보려무나. 누가 누구를 죽이든 그게 무슨 상관이란 말이냐"라고 말한다. 이 작품에서 주인공이 청새치를 '형제'라고 부르는 구절은 이 밖에도 여러 번 더 나온다. 심지어 산티아고는 청새치를 성자(聖者)에 빗대기도 한다. "눈은 잠망경의 반사경처럼, 행렬에 끼어 걸어가는 성자의 눈처럼 초연했다"고 묘사한다.

그런데 산티아고가 형제처럼 사랑하고 존중하는 것은 비단 바다에 사는 동식물에 그치지 않는다. 그가 바다를 자애로운 어머니로 간주한다는 것은 이미 앞에서 밝혔다. 이보다 더 나아가 심지어 하늘에 떠 있는 별과 달 그리고 해 같은 무생물한테도 동식물처럼 생명이 있다고 생각한다.

> 머릿속은 충분히 맑아, 하고 노인은 생각했다. 너무나 맑아서 탈이지. 나와 형제 사이인 별처럼 맑아. 하지만 잠은 역시 자야 해. 별도 잠을 자고 달과 해도 잠을 자지 않는가. 심지어는 조류가 없는 아주 조용한 날이면 드넓은 바다도 가끔 잠을 잘 때가 있지.

사람들이 한낱 돌덩어리로 여기는 별과 달과 해도 인간처럼 잠을 잔다고 생각하는 산티아고의 발상이 무척 신선하다. 이러한 무생물이 잠을 잔다고 생각하는 것은 그것들에게 생명과 의식이 있음을 인정하는 말이다. 잠이란 오직 의식이 있는 생물체에게서 찾아볼 수 있기 때문이다. 잠은 무의식 상태에서

휴식을 취하는 행위를 말한다. 산티아고는 별과 달과 해 같은 천체뿐만 아니라 이번에는 바다마저도 가끔 잠을 잔다고 생각한다.

이렇게 제비갈매기나 휘파람새 같은 바닷새한테 말을 걸고 별과 달과 해 같은 천체도 잠을 잔다고 생각한다는 점에서 산티아고는 12세기에서 13세기에 걸쳐 이탈리아의 중부 지방 아시시에서 살았던 성(聖) 프란체스코와 아주 비슷하다. 그러고 보니 방금 앞에서 언급했듯이 산티아고가 청새치를 "행렬에 끼어 걸어가는 성자"에 빗대는 것도 예사롭지 않다. 1979년 교황 요한 바오로 2세는 아시시의 성인을 생태주의의 수호성인으로 선포하였다. 성 프란체스코는 「태양의 찬가」에서 일찍이 별과 달과 해는 말할 것도 없고 바람과 공기, 구름까지도 형제자매로 불렀다.

내 주여! 당신의 모든 피조물 그중에도
언니 해님에게서 찬미를 받으소서.
그 아름다운 몸 장엄한 광채에 번쩍거리며
당신의 보람을 지니나이다.
내 주여! 누나 달이며 별들의 찬미를 받으소서.
빛 맑고 절묘하고 어여쁜 저들을 하늘에 마련하셨음이니이다.

언니 바람과 공기와 구름과 맑은 날씨

그리고 사시사철의 찬미를 내 주여 받으소서.

당신이 만드신 모든 것을 저들로써 기르심이니이다.

언뜻 보면 성 프란체스코는 별과 달과 해 같은 하늘에 떠 있는 아름다운 천체만을 형제자매라고 불렀다고 생각할지도 모른다. 그러나 그는 심지어 "내 주여! 목숨 있는 어느 사람도 벗어나지 못하는 / 육체의 우리 죽음, 그 누나의 찬미 받으소서"라고 노래하였다. 그에게는 이렇게 모든 인간이 끔찍이 싫어하는 죽음마저도 사랑스러운 누이에 지나지 않았던 것이다. 이처럼 자연에 대한 산티아고의 태도는 여러모로 성 프란체스코의 자연관과 비슷하다.

자연에 대한 헤밍웨이의 태도는 궁극적으로는 방금 앞에서 언급한 인간의 연대의식이나 상호의존 정신과 서로 맥이 닿아 있다. 인간에 대한 이러한 의식이나 정신을 자연 세계로 확대해 놓은 것이 곧 그의 자연관이기 때문이다. 마지막 작품인 『노인과 바다』에 이르러 헤밍웨이는 단순히 인간의 문제를 뛰어넘어 자연의 문제에까지 관심을 기울인다. 초기 작품 『태양은 다시 떠오른다』와 『무기여 잘 있어라』에서 보여준 개인주의는 『유산자와 무산자』와 『누구를 위하여 종은 울리나』에서는 공동체 의식으로 발전하고 『노인과 바다』에서 이제 마침내 우주의 모든 개체와 종을 함께 아우르는 최고의 단계에 이르게 되었던 것이다.

이 점에서 『노인과 바다』는 자연주의 전통의 작품과는 조금 다르다. 지금까지 헤밍웨이의 작품을 주로 자연주의나 사실주의 관점에서 논의해온 학자들이나 비평가들이 많았다. 그러나 그의 작품을 좀 더 꼼꼼히 읽어 보면 사실주의나 자연주의 잣대로써는 잴 수 없는 요소가 너무 많다는 것을 알 수 있다. 헤밍웨이는 사실주의자라기보다는 상징주의자이며 이미지스트요, 자연주의 작가라기보다는 낭만주의자요 모더니스트라고 할 수 있다. 그는 어느 한 전통이나 유파에서 영향을 받지 않고 다양한 전통과 유파에서 자양분을 많이 받고 있다. 산티아고와 청새치의 피나는 싸움을 보면 얼핏 이 작품은 인간이 그에게 적의를 품거나 기껏 무관심한 태도를 취하는 냉혹한 자연에 맞서 투쟁하는 내용이라고 생각하기 쉽다. 미국 소설가 중에서 스티븐 크레인이나 잭 런던 같은 자연주의 작가들은 실제로 여러 작품에서 이러한 주제를 다루었다. 그러나 헤밍웨이는 자연주의 작가들과는 조금 다르다. 인간과 자연의 투쟁이 아니라 인간과 자연의 친화적 관계, 인간이 자연 속에서 조화롭게 살아가는 모습을 다룬다고 말하는 쪽이 훨씬 더 정확할 것이다.

# 제7장
# 주제로서의 형식, 형식으로서의 주제

『노인과 바다』에서 어니스트 헤밍웨이는 내용이나 주제적 측면뿐만 아니라 형식과 스타일에서도 그 이전의 작품들을 계승하면서 독특한 방법으로 발전시킨다. 빙산 이론에 입각해 감정을 응축하고 억제해서 표현하는 '언더스테이트먼트' 수법, 간결하고 명징하여 박진감 넘치는 문장을 구사하는 하드보일드 스타일, 그리고 리얼리즘 전통에 굳건히 서 있으면서도 이미지와 상징을 효과적으로 구사하는 방법 등 헤밍웨이의 문학적 상표라고 할 특징이 이 작품에서 더욱 찬란한 빛을 내뿜는다. 윌리엄 포크너가 일찍이 아무런 유보도 두지 않고 헤밍웨이의 작품 중에서 '최고의 걸작'이라고 찬사를 아끼지 않은 까닭도 바로 여기에 있다. 이 작품에 대해 포크너는 "이번에는 그는 신, 즉 창조자를 찾아냈다"고 말하였다.

헤밍웨이는 빙산을 예로 들면서 8분의 7이 물속에 잠기고 나머지 8분의 1만이 수면에 떠오르는 빙산처럼 훌륭한 소설가라면 감정을 헤프게 드러내지 않고 절제해 그 일부만을 드러내어 나머지 감정을 표현해야 한다고 주장한다. 그래서 그는 빙산의 일각만을 보여 주는 수법을 즐겨 사용한다. 그의 작품에서 단순하고 소박한 문장은 겉으로 보이는 것보다 훨씬 더 함축적이고 의미심장한 까닭이 바로 여기에 있다. 이러한 예는 『노인과 바다』에서도 쉽게 찾아볼 수 있다. 이미 앞에서 언급했듯이 자연에 대한 태도와 관련해 아바나 근교 어촌의 어부를 두 부류로 나눈 데서도 단적으로 드러난다. 언뜻 보면 단순히 바다를 '라 마르'라고 부르는 어부들과 '엘 마르'라고 부르는 어부들의 두 부류로 구분 짓는 것 같지만, 실제로는 삶의 방식과 자연관뿐만 아니라 문학관과 세계관에서도 어부들을 나누는 셈이다.

멕시코 만류에서 고기잡이를 하는 어부들에 두 부류가 있듯이 20세기 중엽 활약한 미국 작가들도 크게 두 부류가 있었다. 적어도 형식이나 문체에서 볼 때 한 부류의 작가는 유럽 전통에 뿌리를 박고 활동한다. 다른 부류의 작가는 미국의 토착 전통에 뿌리를 두고 있다. 포크너는 전자를 대변하는 가장 대표적인 작가일 것이고, 헤밍웨이는 후자를 대변하는 대표적인 작가일 것이다. 헤밍웨이 특유의 하드보일드 스타일은 『노인과 바다』 곳곳에서 엿볼 수 있다. 그는 고대 그리스어나 라틴어에서 갈라져 나온 긴 음절 어휘보다는 앵글로색슨 계통의 짧고 단순한 순수한 토박이말을 한껏 살려 구사한다. 문장 구성도 관계대명사로 길게 연결하는 복잡한 복문을 피하고 될 수 있는 대로 직접적인 단문이나 중문을 사용한다. 또 묘사 방법도 사실에 바탕을 두되 구체적인 이미지를 살려 독자들이 실제로 눈앞에서 직접 보는 것처럼 생생하게 묘사한다.

헤밍웨이가 구사하는 하드보일드 문장은 주인공 산티아고가 살고 있는 판잣집처럼 이렇다 할 장식이 없이 무척 소박하다. 소박하다 못해 빈약하다고 할 수 있을 정도이다. 헤밍웨이는 "산문이란 실내 장식이 아니라 건축이다. 그리고 바로크 건축 양식은 이제 끝이 났다"고 말한 적이 있다. 그의 말처럼 이 작품의 문체는 화려한 실내 장식이 아니라 건축이며, 건축이라고 해도 베르사유 궁전 같은 바로크식 건축이 아니라 뉴욕의 록펠러센터 빌딩 같은 모더니즘 건축 양식이다. 모더니즘 건축 양식이 그러하듯이 헤밍웨이 문체는 형식보다는 기능에 무게를 싣기 때문에 힘차고 강렬한 인상을 준다.

마침내 노인은 돛대를 내려놓고 자리에서 일어섰다. 그리고 다시 돛대를 집어 어깨에 메고 길 위쪽으로 올라가기 시작했다. 판잣집에 도착할 때까지 노인은 다섯 번이나 쉬어야 했다.

위 인용문에서도 볼 수 있듯이 헤밍웨이는 종속절이 주절에 포함된 복문은 좀처럼 사용하지 않고 오직 단문을 사용하거나 단문을 등위접속사를 사용하여 연결하는 중문을 사용한다. 번역문에서는 잘 드러나 있지 않지만 그는 등위접속사 'and'를 첫 문장에서 한 번, 두 번째 문장에서 두 번 사용하고, 세 번째 문장에서는 종속접속사 'before'를 한 번 사용할 뿐이다. 관계대명사는 아무리 눈을 씻고 찾아보아도 찾아볼 수가 없다. 모더니즘 건축가들이 철근과 유리로 건물을 짓듯이 헤밍웨이는 이 두 접속사로써 문장의 집을 짓고 있는 것이다.

이 점에서 헤밍웨이는 동시대 작가 윌리엄 포크너와는 크게 다르다. 포크너의 문체는 바로크 건축 양식을 쉽게 떠올릴 만큼 길이가 긴 데다 수사적이고 화려하기 그지없다. 어떤 문장은 반쪽을 넘어가기도 하여 독자들은 두 번 세 번 읽어야 비로소 그 뜻을 이해할 수 있다. 포크너의 한 문장은 아마 헤밍웨이라면 다섯 문장이나 그 이상으로 만들 것이다.

그런데 헤밍웨이가 이렇게 짧고 힘찬 문체를 구사하는 방법을 익힌 것은 작가가 되기 전 신문 기자 생활을 한 것과 깊이 연관되어 있다. 1917년 고등학교 졸업하자마자 대학 진학을 포기하고 『캔자스시티 스타』 신문사의 수습 기자로 취직하였다. 이때 그는 신문사의 기사 집필 요령에 따라 엄격한 훈련을 받았다. 제1차 세계대전에 참전한 뒤인 1920년에는 캐나다의 온타리오 주 토론토로 이주해 잠시 『토론토 스타』지의 기자로 일한 적도 있다.

또한 헤밍웨이는 이 무렵 미국 문단의 대가격인 셔우드 앤더슨한테서 받은 추천장을 들고 프랑스 파리로 건너가 작가 수업을 받으면서도 계속 해외 특파원 자격으로 저널리즘과 관계를 맺고 있었다. 신문 기사를 작성할 때는 육하원칙에 따라 사실을 객관적으로 보도하는 것을 목숨처럼 소중하게 생각하기 마련이다. 물론 그렇다고 그가 단순히 신문 기사를 쓰듯이 소설을 썼다는 말은 아니다. 저널리즘 문체처럼 단순하고 강건한 문장을 구사하되 이미지나 상징 또는 모티프 등을 도입하고 적절한 수사법을 구사하여 때로는 시의 수준으로 끌어올린다. 독일 문호 요한 볼프강 폰 괴테의 자서전 제목인 '시와 진실'에 빗대어 말하자면, 헤밍웨이는 '진실'과 '시' 두 가지 중에서 어느 한쪽을 택하기보다는 두 쪽 모두에 똑같이 관심을 기울였다고 할 수 있다.

소설에서 시적 장치나 수법을 효과적으로 적절하게 구사한다는 점에서 헤밍웨이는 단순히 자연주의자나 사실주의자로 볼 수 없다. 방금 앞에서 언급했듯이 그는 어떤 면에서 상징주의자요 모더니스트로 볼 수도 있다. 물론 그는 의도적으로 상징이나 이미지를 사용하지는 않는다. 노벨 문학상을 수상한 직후 1954년 미국의 시사 주간지 『타임』과의 인터뷰에서 헤밍웨이는 "어떤 훌륭한 책도 작가가 미리 상징을 염두에 두고 쓴 적이 없다. (……) 나는 진짜 노인과 진짜 소년, 진짜 바다, 그리고 진짜 물고기와 진짜 상어들을 그리려고 애썼다. 그러나 만약 내가 그것들을 충실히 제대로 그려 냈다면 그들은 많은 것을 의미할 것이다"라고 말한 적이 있다.

또한 헤밍웨이는 미국의 르네상스 시대 역사가 버나드 버렌슨에게 쓴 편지에서도 이 작품에는 아무런 상징도 없다고 말하면서 "바다는 바다일 뿐이다. 노인은 노인일 뿐이다. 소년은 소년일 뿐이고, 물고기는 물고기일 뿐이다. 상어는 상어일 뿐 그 이상 그 이하도 아니다. 사람들이 말하는 모든 상징은 허섭스레기 같은 것이다"라고 밝힌다. 헤밍웨이의 말대로 그의 작품에서 상징이나 이미지 같은 형식은 단순히 실내 장식품처럼 작품이라는 집 안을 꾸며주는 것이 아니라 작품의 내용이나 주제와 분리할 수 없을 만큼 서로 유기적으로 결합되어 있다.

예를 들어 헤밍웨이는 작중인물들에게 이름을 붙이는 것조차 될 수 있는 대로 상징성을 부여하여 명명하려고 하였다. 가령 주인공 산티아고(Santiago)의 이름은 예수 그리스도의 열두 제자 중의 한 사람인 성(聖) 야고보(성 제임스)를 스페인어로 표기한 것이다. 제베대오의 아들인 야고보는 사도 요한과 형제 관계다. 또 다른 사도인 알패오의 아들 야고보와 이름이 같기 때문에 혼동을 피하기 위해 흔히 '대(大)야고보'라고도 부른다. 야고보는 동생 요한과 함께 아버지를 도와 갈릴리 호숫가에서 어부로 일하다가 예수를 만나 같은 직업을 가진 베드로, 안드레아와 함께 그의 부름을 받았다. 「마태복음」에 따르면 예수의 부름을 듣자 그들은 곧 배를 버리고 아버지를 떠나 예수를 따라갔다. 야고보는 회화에서 흔히 말을 타고 한 손에는 순례자의 종을, 다른 손에는 칼을 들고 무어인을 무찌르는 모습으로 그려져 있다. 스페인과 과테말라와 니카라과의 수호성인이기도 하다. 적어도 고기를 낚는 어부라는 점에서 산티아고와 야고보는 같다.

산티아고를 따르는 충실한 사도라고 할 마놀린(Manolin)은 상어를 뜻하는 스페인어 '마노'와 빛난다는 뜻의 '린'이 결합한 말이다. 본디 마놀린은 코히마르 어촌 카페 주인의 아들인 마놀리토에서 모델을 삼은 인물이다. 마놀린은 눈부시게 아름다운 상어라는 뜻이다. 얼핏 보면 산티아고가 목숨을 걸고 잡은 청새치를 뜯어먹는 상어를 생각하게 되어 부정적인 의미를 지니고 있는 것 같지만, 실제로는 꼭 그렇지만도 않다. 상어라도 자태가 아름답게 빛을 내뿜는 상어이다. 무엇보다도 바다와 관련되어 있는 데다 스승인 산티아고에게 힘과 도전을 주는 이름이기도 하다. 산티아고는 어부들이 선구를 맡겨 두는 판잣집의 커다란 드럼통에서 날마다 상어의 간유를 한 잔씩 마신다. 상어의 간유는 온갖 감기와 독감에도 아주 효력이 있고 눈에도 좋기 때문이다. 마놀린은 산티아고에게 힘과 용기를 불어넣어 준다는 점에서 상어의 간유 같은 역할을 한다고 볼 수 있다.

마을에서 가게를 하면서 산티아고에게 검정콩 밥을 비롯해 바나나 튀김과 스튜 같은 음식을 주는 마르틴(Martin)의 이름도 생각해 보면 볼수록 예사롭지가 않다. 마르틴은 다름 아닌 성(聖) 마르탱의 이름에서 따온 것이다. 성 마르탱은 일생 동안 가난한 사람을 위해 몸을 바친 사제로 유명하다. 평소 자비심과 동정심이 많던 그는 자신이 소유하고 있는 물건을 모두 가난하고 불쌍한 사람들에게 나누어 주곤 하였다. 군대에 입대해 갈리아의 아미앵에 파견되었을 때, 마르탱은 날씨가 몹시 추운 어느 겨울날 도시의 성문에서 몸에 걸친 것이 거의 없이 추위에 벌벌 떨고 있는 가난한 거지 한 사람을 만난다. 이 불쌍한 거지를 보자 마르탱은 곧 자신이 입고 있던 외투를 벗어 칼로 두 동강이 내어 한쪽은 그에게 주고 다른 한쪽은 자신의 몸에 걸친다. 마르탱이 걸친 반 토막 외투는 뒷날 유명한 성보(聖寶)가 되어 프랑크족 왕들의 기도실에 보관되었다. 오늘날 예배당을 '채플'이라고 하는데 이 말은 다름 아닌 성 마르탱의 외투에서 나온 말이다. 16세기 스페인 화가 엘 그레코가 그린 「성 마르탱과 거지」는 바로 이 일화를 형상화한 작품이다.

「성 마르탱과 거지」, 엘 그레코, 98 x 191cm, 1597~1599, 워싱턴 국립미술관 소장.

이미 앞에서 사자와 야구를 예로 들었지만 『노인과 바다』에서 가장 일관되게 사용하는 상징이나 이미지라면 역시 기독교적 상징이나 이미지를 빼놓을 수 없다. 산티아고는 여러모로 예수 그리스도와 닮아 있는 인물이다. 무엇보다 산티아고가 청새치를 잡는 장면은 그리스도의 십자가 처형 장면과 비슷하다. 예를 들어 낚싯줄을 힘껏 잡아당기다가 그 압력 때문에 손바닥에 상처가 날 때 십자가에 못 박히는 장면을 떠올릴 독자들이 적지 않을 것이다. 상어 떼의 공격을 받을 때도 산티아고는 십자가 위에서 손바닥에 못이 박힐 때 그리스도가 질렀던 소리와 비슷한 소리를 지른다.

"아!" 노인이 큰 소리로 외쳤다. 이 외침 소리는 다른 어떤 말로도 옮겨 놓을 수 없었다. 손바닥을 뚫고 널빤지에 못이 박히는 것을 느낄 때 무의식적으로 지르는 그런 소리라고나 할까.

이 소설의 화자가 어떤 다른 말로 옮겨 놓을 수 없다고 말하는 "아!"라는 외침 소리는 원천 텍스트에는 스페인어 감탄사 'Ay'이다. 이 스페인어 감탄사는 영어 "Ah"나 "Oh", 한국어의 "아!"나 "아이고!"에 가깝다. "손바닥을 뚫고 널빤지에 못이 박히는 것을 느낄 때"라고 말하는 것을 보면 헤밍웨이는 틀림없이 그리스도의 십자가 처형을 염두에 두고 있었을 것이다. 사흘 동안의 사투 끝에 항구에 도착한 뒤 산티아고가 돛대를 어깨에 걸머메고 넘어지면서 언덕 꼭대기에 있는 판잣집에 오르는 이미지도 그리스도가 십자가를 걸머메고 골고다 언덕을 오르는 모습과 비슷하다. 그리고 마지막으로, 앞에서 언급했듯이 판잣집에 도착하여 침대에 두 팔을 벌리고 누워 있는 모습도 십자가 위에서 고통받는 그리스도의 모습을 떠올리게 충분하다. 헤밍웨이는 이러한 기독교적 상징이나 이미지를 빌려 산티아고의 고통과 희생과 겸손을 보여 준다. 또한 상실을 이득으로, 패배를 승리로, 심지어 죽음을 부활로 바꾸는 영웅적 모습을 보여 주기도 한다.

마지막으로, 헤밍웨이는 『노인과 바다』에서 심리적 거리를 확보하기 위해 이야기하는 방식에서도 실험을 꾀한다. 이 작품은 "그는 멕시코 만류에서 조각배를 타고 홀로 고기잡이하는 노인이었다"라는 문장으로 시작한다. 또 이 작품은 "노인은 지금 사자 꿈을 꾸고 있었다"라는 문장으로 끝을 맺는다. 이렇게 작가는 소설의 처음과 끝을 삼인칭 전지적 시점에서 기술한다. 육지에서 벌어지는 일을 묘사할 때는 역사적 사실을 객관적으로 보고하듯이 삼인칭 전지적 시점에 의존해 기술한다. 다시 말해서 작가는 산티아고와 일정한 거리를 두고 기술하거나 묘사하려고 애쓴다.

그러나 산티아고가 육지를 떠나 망망대해에서 고기를 잡는 동안 헤밍웨이는 크게 세 가지 서술 기법을 사용한다. 첫째는 주인공의 혼잣말을 통해 기술하는 방법이다.

"만약 남들이 내가 큰 소리로 혼자 지껄이는 것을 들으면 아마 나더러 미쳤다고 하겠지. 하지만 나는 미치지 않았으니 상관없어. 돈 있는 어부들은 배 안까지 라디오를 가지고 와서 이야기도 듣고 또 야구 중계도 듣지." 그가 큰 소리로 말했다.

헤밍웨이는 산티아고가 혼잣말을 하는 경우에도 마놀린과 나누는 보통 대화처럼 큰따옴표를 사용한다. 다만 차이가 있다면 "혼잣말을 했다"라느니 "스스로에게 말했다"라느니 하는 표현을 사용하는 것이 조금 다를 뿐이다. 독자 말고는 그의 혼잣말을 옆에서 듣는 사람이 없기 때문에 연극에 빗대자면 독백보다는 방백에 가깝다.

두 번째 방법은 주인공 산티아고가 생각하는 것을 그대로 옮겨놓는 것이다. 헤밍웨이는 마치 주인공의 머릿속이나 의식 속에 들어가 그의 생각을 독자들에게 전달하는 역할을 한다. 이때 작가는 "(……), 하고 그는 생각했다"라는 표현을 사용한다. 이 두 번째 방법에서는 작가와 작중인물 사이의 심리적 거리가 가장 짧다.

희망을 버린다는 건 어리석은 일이야, 하고 그는 생각했다. 더구나 그건 죄악이거든. 죄에 대해서는 생각하지 말자, 하고 그는 생각했다. 지금은 죄가 아니라도 생각할 문제들이 얼마든지 있으니까. 게다가 나는 죄가 뭔지 아무것도 모르고 있지 않는가.

헤밍웨이가 사용하는 세 번째 서술 방법은 산티아고가 하는 혼잣말과 생각을 결합하는 것이다. 방백이나 제한된 의식의 흐름 수법을 구사함으로써 작가는 작중인물과 심리적 거리를 첫 번째 수법과 두 번째 수법의 중간 사이에서 유지할 수 있다.

만약 잘라낼 수 있어 노의 손잡이에 그것을 잡아맸다면 얼마나 훌륭한 무기가 되었겠는가. 그랬더라면 우리는 함께 싸울 수가 있었을 텐데. 한밤중에 상어 놈들이 다시 공격해 오면 어떻게 하지? 어떻게 할 작정이냐고?

이 세 번째 방법은 흔히 묘출 화법이라고도 부른다. 직접화법과 간접화법의 중간에 해당하는 제3의 방법이다. 부사, 시제, 대명사는 간접화접으로 바꾸되 어순만은 직접화법 그대로 유지하기 때문에 생동감 있게 묘사할 수 있다는 이점이 있다. 위 인용문 첫 문장을 첫 번째 수법으로 표현한다면 아마 "'만약 잘

라낼 수 있어 노의 손잡이에다 그것을 잡아맸다면 얼마나 훌륭한 무기가 되었겠는가?' 그는 혼잣말을 했다"가 될 것이다. 또 두 번째 수법으로 바꾼다면 "만약 잘라낼 수 있어 노의 손잡이에다 그것을 잡아맸다면 얼마나 훌륭한 무기가 되었겠는가, 하고 그는 생각했다"가 될 것이다.

문체를 이야기할 때면 약방의 감초처럼 으레 입에 올리는 말이 바로 "문체는 바로 그 사람이다"라는 말이다. 18세기 프랑스의 철학자요 박물학자인 조르주 루이 뷔퐁이 한 말이다. 다시 말해서 글을 보면 그 글을 쓴 사람의 됨됨이를 알 수 있다는 말이다. 이렇듯 문체란 문법학이나 수사학의 유형이 아니라 어디까지나 작가 특유의 감정이나 사상을 표현하는 언어의 한 특징이다. 그래서 미국의 문학 이론가 마크 쇼러는 "문체는 곧 주제다"라고 주장하기에 이른다. 간결성과 명료성을 지향하는 문체는 헤밍웨이의 주제와는 떼려야 뗄 수 없이 서로 밀접하게 연관되어 있다. 그에게는 형식이 곧 주제이고, 주제가 바로 형식이라고 해도 크게 틀리지 않을 것이다.

# 제8장
# 『노인과 바다』의 한국어 번역

 2012년 한 해에만 한국에서 번역된 어니스트 헤밍웨이의 작품 수는 2002년 이후 최근 10년 동안 국내에서 번역되어 나온 헤밍웨이 작품 수과 거의 맞먹는다. 그중에서도 『노인과 바다』가 단연 첫 손가락에 꼽힌다. 이렇게 2012년 이 작품을 비롯한 헤밍웨이의 작품이 한꺼번에 많이 쏟아져 나온 것은 한미 자유무역협정(FTA)으로 잠정적으로 저작권이 소멸되었기 때문이다. 지금까지 나온 헤밍웨이 번역본들은 저작권법이 엄격하게 적용되지 않은 시절부터 출간된 책이거나 저작권 계약을 거치지 않은 '해적판'이었다.

 현행 국제 저작권 협약은 저작권 보호 기간을 작가가 사망한 해로부터 50년으로 정하고 있다. 새로운 한미나 한EU 자유무역협정에 따르면 저작권 보호 기간이 작가 사후 50년에서 사후 70년으로 늘어났다. 그러나 국내 출판사의 어려운 사정을 고려하여 2013년 7월 1일까지 한시적으로 유예 기간을 두어 그 전에 사후 50년이 되는 작가들은 기존 조항을 그대로 적용하기로 정부 사이에 합의하였다. 그러니까 2012년부터는 누구든 저작권료를 내지 않고 헤밍웨이의 작품을 '합법적으로' 번역해 출간할 수 있게 된 것이다.

그런데 헤밍웨이의 경우는 이러한 결정이 여간 반가운 것이 아니었다. 그의 번역 저작권을 얻기란 지금까지 거의 불가능했기 때문이다. 저작권을 갖고 있는 헤밍웨이 재단은 이해관계가 복잡하게 얽힌 데다 한국 출간에 이렇다 할 관심을 보이지 않았다. 국내 출판사나 에이전시가 전화를 걸어도 잘 받지 않았다. 어쩌다가 연락이 닿아도 터무니없이 비싼 로열티를 요구하였다. 작품 한 편에 3천 달러에서 5천 달러를 요구하는 것이 관례이지만 헤밍웨이 재단에서는 무려 1만 달러 이상을 요구하였다.

한편 미국에서 헤밍웨이 작품을 독점 출간하는 찰스 스크리브너스 출판사도 사정은 크게 다르지 않았다. 출판사 측에서는 헤밍웨이 작품의 번역 저작권을 모두 사 갈 것을 요구하였다. 개별적인 작품의 저작권은 팔 수 없다는 것이다. 다시 말해서 "전부(全部) 아니면 전무(全無)"의 입장을 고수하였다. 그러나 헤밍웨이의 작품은 질이 고르지 않아서 그의 작품 모두를 번역해 내려는 국내 출판사가 없었다. 그러다 보니 국내 어느 출판사도 지금까지 헤밍웨이 작품에 눈독만 들이고 있었을 뿐 선뜻 저작권을 계약할 수가 없었다. 그러던 중에 한미 자유무역협정과 헤밍웨이 사후 50년이 절묘하게 맞물려 마침내 그의 작품을 번역할 수 있게 되었다. 그래서 국내의 내로라하는 출판사들이 앞을 다투어 헤밍웨이 작품 번역에 뛰어들면서 마치 '헤밍웨이 번역 전쟁'이 일어난 듯한 느낌마저 든다.

이렇게 저작권의 빗장이 잠시 풀리면서 2012년만도 『노인과 바다』의 번역본이 우후죽순처럼 많이 쏟아져 나왔다. 그러나 번역본은 저마다 조금씩 다르다. 헤밍웨이 번역의 원조라고 할 김병철의 번역을 비롯하여 그동안 국내에서 출간되어 나온 번역본을 서로 비교하고 검토해 보는 것은 비단 헤밍웨이 작품 번역에 그치지 않고 더 나아가 한국 번역계의 수준을 가늠할 수 있는 계기가 될 것이다. 지금 여기에서 다루는 일곱 종의 번역 중에서 세 번역은 2012년 이전에 출간되어 나온 것이고, 나머지 번역은 2012년에 출간되어 나온 것들이다. 지면 제약 때문에 『노인과 바다』 중에서 맨 첫 단락만을 논의 대상으로 삼을 것이다.

He was an old man who fished alone in a skiff in the Gulf Stream and he had gone eighty-four days now without taking a fish. In the first forty days a boy had been with him. But after forty days without a fish the boy's parents had told him that the old man was now definitely and finally salao, which is the worst form of unlucky and the boy had gone at their orders in another boat which caught three good fish the first week.

그는 멕시코 만류(灣流)에서 조각배를 홀로 타고 낚시질하는 한 노인이었다. 그리고, 그는 고기 한 마리 낚지 못하고, 벌써 팔십 사일을 허송해 버렸다. 처음 사십일 동안에는 한 소년이 그와 같이 지냈다. 그러나, 사십일이 지나도 고기 한 마리 잡지 못하므로, 그 소년의 부모는 그 노인이 정말 지독하게 재수가 없다고 소년에게 말했다. 그래서, 소년은 부모의 명령에 따라서 다른 배로 옮겨 갔다. 그 배에서는 가던 첫주일에 보기 좋은 고기 세 마리를 낚았다.

― 김석주 역, 범조사(1959)

출판 연도가 '단기 4292년'으로 표기되어 있을 만큼 한국에서 나온 최초의 『노인과 바다』 번역이다. 이 작품은 한국전쟁

중에 출간되었기에 전쟁의 와중에 한국어로 번역하기가 쉽지 않았을 것이다. 그래서 그런지 전쟁이 끝난 지 6년 뒤에야 비로소 번역본이 출간되어 나왔다. 이 번역에서 무엇보다도 눈길을 끄는 것은 원문에 충실하려고 했다는 점이다. 역자도 머리말에서 "번역에 있어서는 첫째로 작가의 특유한 문체를 살리고, 둘째로 고등학교 학생들도 이해할 수 있도록 될 수 있는 한, 원문 구조를 살려서 낱말 한 개까지 빠뜨리지 않고 충실히 번역하기에 노력했고……"라고 밝힌다.

그러나 김석주는 원문에 충실하려는 나머지 지나치게 축자역을 시도했다는 느낌이 든다. 가령 첫 문장, "그는 멕시코 만류에서 조각배를 홀로 타고 낚시질하는 한 노인이었다"는 이러한 경우의 좋은 예가 된다. 앞에 단순 대명사 '그는'이 나와 있기 때문에 굳이 '한 노인'이라고 옮길 필요가 없는데도 그렇게 옮겼다.

또한 '그리고'와 '그러나'와 '그래서' 등 접속사를 지나치게 많이 사용한다는 점도 눈에 띈다. 접속사 다음에 쉼표를 찍는 것은 이 무렵의 맞춤법이거나 출판사 관행으로 볼 수 있어 크게 문제 되지는 않는다. 그러나 원문 텍스트에 'and'를 사용했다고 하여 원문 그대로 '그리고'나 '그래서' 등으로 번역하는 것은 그렇게 바람직하다고 보기 어렵다. 영어의 접속사 용법과 한국어의 접속사 용법은 서로 그대로 일치하지 않기 때문이다.

두 번째 문장 "그리고, 그는 (……) 허송해 버렸다"와 세 번째 문장 "처음 사십일 동안에는 (……) 그와 같이 지냈다"도 문제가 있기는 마찬가지다. 84일째 고기 한 마리 잡지 못하고 '시간을 보냈다'고 번역해도 충분한 것을 '팔십사 일을 허송해 버렸다'고 번역하였다. '허송하다'는 표현이 조금 강하다. 한편 "한 소년이 그와 같이 지냈다"라는 문장에서는 오히려 강도가 약하다. '지냈다'의 오식임에 틀림없는 이 표현에는 같은 조각배를 타고 함께 고기잡이를 했다는 의미가 선명하게 드러나 있지 않다.

더구나 "그 소년의 부모는 그 노인이 정말 지독하게 재수가 없다고 소년에게 말했다"라는 문장도 좋은 번역으로 볼 수 없다. 여기서 김석주는 스페인어 'salao'를 생략하여 번역하였다. 번역학이나 번역 이론에서는 원천 텍스트(ST)의 어휘를 번역하지 않고 목표 텍스트(TT)에 그대로 옮기는 것을 '차용어(emprunt)'라고 부른다. 번역가가 차용어를 사용하는 이유가 여러 가지 있지만, 그중 하나는 이국적 분위기를 살리기 위해서이다. 헤밍웨이는 쿠바를 지리적 배경으로 삼고 쿠바 어부를 작중인물로 삼기 때문에 가끔 스페인어를 일부러 구사한다. 그렇다면 번역가는 작가의 의도를 살려 '살라오' 같은 스페인어는 차용어로 사용하는 것이 바람직하다. 그런데 김석주는 위 번역에서 이러한 차용어를 전혀 살려내지 못하였다.

마지막 문장 "그 배에서는 가던 첫주일에 보기 좋은 고기 세 마리를 낚았다"도 좀 더 꼼꼼히 따져보면 원천 텍스트와 조금 다르다는 사실이 밝혀진다. 먼저 "그 배에서는 가던 첫주일에"라는 표현이 자연스럽게 읽히지 않는다. '가던'이라는 말을 빼고 차라리 "그 배에서는 첫주일에"라고 옮겼더라면 훨씬 자연스러웠을 것이다. '첫주일에'도 '첫 주에'라고 옮기는 쪽이 더 좋다. 원문의 'good fish'를 '보기 좋은 고기'로 번역한 것도 오역이라고는 할 수 없어도 졸역임이 틀림없다. 여기서 'good'은 고기 모양새가 보기 좋다는 것을 가리키지 않는다. 물고기가 모양새가 좋으면 얼마나 좋겠는가. 이 형용사는 모양새보다는 고기의 크기를 가리키는 말이다. 그러므로 '보기 좋은 고기'보다는 '큼직한 고기'로 옮기는 쪽이 훨씬 정확하다.

그는 멕시코우 만류(灣流)에서 조각배를 타고 단신으로 고기잡이를 하는 노인이었다. 고기 한 마리도 못 잡는 늘이 벌써 八四일이나 계속되었다. 처음 四0 일은 한 소년이 같이 있었다. 그러나 고기 한 마리도 잡지 못하는 날이 四0 일이나 계속되고 보니, 소년의 부모가, 노인은 이제는 결정적이고도 최종적인 살라오 – 즉 최악의 불운을 만난 거라고 말하게 되어, 마침내 소년은 부모의 명령으로 다른 배로 옮아갔으며, 그 배는 첫 주에 굉장한 고기를 세 마리나 잡았다.

- 김병철 역, 휘문출판사(1967)

위 번역은 김석주의 번역과 마찬가지로 『노인과 바다』의 초기 번역에 속한다. 그런데 이 글을 읽고 나서 맨 처음 떠오르는 생각은 영어 원문보다는 아무래도 일본어에서 중역한 것 같다는 것이다. '단신(單身)'이나 '굉장(宏壯)한' 같은 한자어가 유난히 많이 눈에 띈다. 위 번역문에는 나타나 있지 않지만 주인공의 이름도 '산티아고'가 아니라 일본어 식으로 '산탸고(サンチャゴ)로 표기되어 있다. '사십'을 '四十'으로 표기하지 않고 '四O'으로 표기하는 것도 일본어 중역임을 입증하는 단서가 된다. 일제 강점기 대학 교육을 받은 번역자들은 영어 원문보다는 일본어 번역문을 읽는 것이 훨씬 쉬웠다. 어찌 되었든 헤밍웨이 연구가인 만큼 초기 번역으로서는 상당히 훌륭한 번역이라고 할 수 있다.

중역 문제를 떠나 위 번역은 몇 가지 문제가 있다. 예를 들어 "소년의 부모가, 노인은 이제는 결정적이고도 최종적인 살라오 - 즉 최악의 불운을 만난 거라고 말하게 되어……"라는 문장이 바로 그러하다. 어딘지 모르게 김치나 된장 냄새보다는 버터와 치즈 냄새가 풍긴다. 다시 말해서 조금 투박스러울 만큼 번역투 문장이다. "결정적이고도 최종적인 살라오"라는 구절의 뜻이 금방 피부에 와 닿지 않는다. "결정적이고도 최종적인"이라는 형용사구가 '살라오'만을 수식하는 것인지, '최악의 불운'으로까지 이어지는 것인지 분명하지 않다.

또 "소년의 부모가, 노인은 (……) 말하게 되어"라는 구절도 원문의 뜻을 제대로 살려 옮겼다고 보기 어렵다. 주절의 주어인 '소년의 부모'와 종속절의 주어인 '노인'은 잇달아 쓰여 자칫 헷갈릴 수 있다. 소년의 부모를 먼저 언급한 뒤 다시 부연하여 '노인은' 하고 말할 수도 있다. 다시 말해서 이 두 주어 사이에 쉼표가 있어 어쩌면 동격 관계로 받아들일 독자도 없지 않을지 모른다. 이것은 어디까지나 원문의 긴 문장을 충실하게 그대로 번역하려는 나머지 빚어진 문제이다. 가령 "소년의 부모는 노인이 '살라오'를 만났다고 했다. '살라오'란 스페인어로 최악의 불운을 뜻하는 말이다" 정도로 옮겼다면 그 뜻이 훨씬 더 분명해졌을 것이다.

물론 그냥 넘어갈 수도 있지만 "소년은 부모의 명령으로 다른 배로 옮아갔으며 (……) 굉장한 고기를 세 마리나 잡았다"라는 구절도 좀 더 좋은 번역으로 개선할 여지가 있다. "다른 배로 옮아갔으며"라는 구절보다는 아무래도 "다른 배로 옮겨 탔으며"가 좀 더 자연스럽고 뜻도 정확할 것이다. '옮아가다'는 동사는 "신혼부부가 새집으로 옮아갔다"처럼 본디 있던 곳에서 다른 곳으로 자리 잡아 가는 것을 뜻한다. 그러나 "산불이 옆 산으로 옮아갔다"처럼 계속 이웃으로 퍼져 나가는 동작을 가리킬 때나, "이야기가 축구에서 야구로 옮아갔다"처럼 화제를 바꿀 때도 자주 쓴다. 이 장면에서는 소년 마놀린이 산티아고의 배에서 다른 어부의 배로 갈아탄 것이기 때문에 아예 '옮겨 탔다'나 '갈아탔다'라고 번역하는 쪽이 더 정확하다.

위 문장의 마지막 구절 "굉장한 고기를 세 마리나 잡았다"도 조금 과장하여 표현한 느낌이 든다. 원천 텍스트의 "three good fish"는 "큼직한 고기 세 마리"나 "좋은 고기 세 마리"로 옮기는 것이 좋을 것이다. 마놀린이 탄 배가 잡은 고기는 그런대로 시장에 내다 팔 만한 좋은 고기를 뜻한다. 이 '굉장한'이라는 형용사는 산티아고가 사투를 거듭한 끝에 잡는 청새치에나 어울릴 만하다.

그는 멕시코만류에 스키프(조그만 돛배)를 띄우고 홀로 고기 잡는 노인이었다. 벌써 84일 동안 고기 한 마리 낚지 못하는 날이 계속되었다. 처음 40일 동안은 소년 하나가 그와 함께 있었다. 그러나 40일이나 허탕치자 소년의 부모는 노인이 확실히 영영 스페인 말로 가장 운수 나쁘다는 뜻인 〈살라오〉가 돼 버렸다고 말했다. 소년은 부모의 분부에 따라 다른 배로 일자리를 옮겨, 첫 주일에 굵직한 고기를 세 마리나 잡았다.

— 황동규 역, 샘터사(1975)

위 번역에서는 무엇보다도 헤밍웨이의 하드보일드 스타일이나 간결체 문장에 어울리게 될 수 있는 대로 소박하고 간결하게 번역하려고 한 점이 눈에 띈다. 가령 "고기(를) 잡은 노인"이니 "고기(를) 한 마리(도) 낚지 못하는 날" 등이 이러한 경우의 좋은 예이다. 황동규는 굳이 사용하지 않아도 의미가 통하는 곳에서는 조사를 과감하게 생략한다. 역시 언어를 절제하여 구사하는 시인답다.

그러나 위 번역에는 문제점이 없지 않다. 예를 들어 첫 문장에서 "그는 멕시코만류에 스키프(조그만 돛배)를 띄우고……"가 그러하다. '조각배'나 '쪽배'라고 하면 될 것을 '스키프'라는 영어를 사용한 까닭이 선뜻 이해가 가지 않는다. 이 영어가 이국적이라거나 함축적인 의미가 강해서 한국어로 번역하지 않고 굳이 차용어로 사용할 필요가 있는 것도 아니다. 또 "스키프를 띄우고"라는 구절도 생업을 위하여 고기를 잡는다기보다는 유람선을 띄우고 한바탕 놀이를 하는 것으로 받아들이기 쉽다.

네 번째 문장 "그러나 40일이나 허탕치자 소년의 부모는 노인이 확실히 영영 스페인 말로 가장 운수 나쁘다는 뜻인 〈살라오〉가 돼 버렸다고 말했다"에 이르러서는 문제가 더욱 심각하다. '허탕치다'라는 동사는 김석주가 사용한 '허송해 버렸다'와 마찬가지로 그렇게 좋은 번역이라고 볼 수 없다. '확실히'라는 부사가 바로 뒤에 나오는 '영영'이라는 또 다른 부사를 수식하는지, 그 뒤의 동사를 수식하는지 헷갈린다. "확실히 영영"이라는 부사구도 '운수가 나쁘다'라는 동사를 수식하는지, 아니면 '〈살라오〉가 돼 버렸다'라는 동사를 수식하는지 정확하지 않다. 이 문장은 위 번역의 앞부분에서 조사를 생략하여 간결하고 명료하게 옮긴 것과는 사뭇 대조적이다. 또한 소년의 부모가 이 말을 누구한테 했는지가 잘 드러나 있지 않다.

어색하기는 마지막 문장 "소년은 부모의 분부에 따라 다른 배로 일자리를 옮겨, 첫 주일에 굵직한 고기를 세 마리나 잡았다"도 마찬가지다. "부모의 분부에 따라"라는 말도 젊은 세대 독자들에게는 조금 무겁다. "부모가 시키는 대로"로 옮겼으면 이해하기가 훨씬 쉬울 것이다. "다른 배로 일자리를 옮겨도"라는 구절도 그 의미가 조금 강하다. 마놀린 같은 열 살 남짓한 나이의 어린 소년에게 일자리가 있을 리 없기 때문이다. 다만 그는 나이 많은 어부 밑에서 일을 배우면서 고기 잡는 일을 도와

줄 뿐이다. "첫 주일에 굵직한 고기를"에서 '굵직한'이라는 형용사도 물고기에는 잘 쓰지 않는 말이다. 바닷장어가 '굵직하다'고는 쓸 수 있어도 청새치 같은 고기에는 그렇게 썩 잘 어울리지 않는다.

> 그는 걸프 해류에서 조각배를 타고서 혼자 낚시하는 노인이었고, 고기를 단 한 마리도 잡지 못한 날이 이제 84일이었다. 고기를 못 잡은 처음 40일 동안에는 한 소년이 그와 함께 배를 탔다. 하지만 고기를 못 잡은 지 40일이 지나자 소년의 부모는 노인이 틀림없이 가장 불길한 살라오일 거라고 말했다. 그래서 소년은 부모의 지시에 따라 다른 배를 탔는데, 그 배는 첫 주에만 좋은 고기 세 마리를 낚아 올렸다.
> ─이종인 역, 열린책들(2012)

위 번역에서는 'Gulf Stream'을 '멕시코 만류'로 옮기지 않고 굳이 '걸프 해류'라는 옮긴 구절이 무엇보다도 먼저 눈길을 끈다. 멕시코 만류는 미국인들이 '멕시코 만', 남아메리카 사람들이 '골포 데 멕시코'라고 부르는 만에서 북류해서 북극양으로 들어가는 대서양의 해류이다. 이 해류 때문에 유럽 서부는 겨울에도 따뜻하다. 그러나 '멕시코 만류' 대신에 '걸프 해류'로 번역하면서 빚어질 수 있는 문제는 걸프 해류가 미국 동남

부 지역의 해류가 아닌 다른 해류로 자칫 오해될 염려가 있다는 데 있다. '걸프'는 폭에 비해 안쪽이 긴 만을 뜻하기 때문에 비단 멕시코 만뿐만 아니라 페르시아 만도, 아라비아 반도의 아만 만도, 또 오스트레일리아 북부의 카펀테리아 만도 뜻하기도 한다. 물론 작품을 좀 더 읽고 나면 주인공 산티아고가 고기를 잡는 해류는 다름 아닌 멕시코 만류임을 알 수 있지만 일부러 애매하게 만들 필요는 없을 것이다.

세 번째 문장 "하지만 고기를 못 잡은 지 40일이 지나자 소년의 부모는 노인이 틀림없이 가장 불길한 살라오일 거라고 말했다"는 아무래도 좋은 번역이라고 보기 어렵다. 원천 텍스트의 "the old man was now definitely and finally salao, which is the worst form of unlucky"는 이종인의 번역에서는 좀처럼 선명하게 드러나지 않는다. "가장 불길한 살라오"에서 '불길한'이라는 형용사가 어딘지 모르게 걸맞아 보이지 않는다. 한국어 형용사가 스페인어 명사를 수식하는 것이 마치 갓을 쓰고 양복을 입은 격이다. 물론 번역자는 '살라오'에 대하여 "salao. 〈재수 없는 자〉라는 뜻의 스페인어"라고 각주를 달아 놓는다. 황동규의 번역과 마찬가지로 이 번역에서도 소년의 부모가 과연 누구에게 이 말을 하는지 분명하게 드러나지 않는다.

마지막 문장 "그래서 소년은 부모의 지시에 따라 다른 배를 탔는데, 그 배는 첫 주에만 좋은 고기 세 마리를 낚아 올렸다"에서도 다른 번역자들과 비슷한 실수를 범한다. "부모의 지시에 따라"는 "부모의 분부에 따라"나 "부모의 명령에 따라"처럼 그 강도가 조금 강하다. 또한 "그 배는 첫 주에만"에서 왜 하필이면 배타적 의미가 강한 조사 '만'을 사용했는지 알 수 없다. 그렇게 말하면 둘째 주부터는 고기를 제대로 잘 잡지 못했다는 뜻이 된다. 그런가 하면 "좋은 고기"에서 '좋은'이라는 형용사도 김석주의 '보기 좋은'보다는 낫지만 역시 좋은 번역이라고 할 수 없다. '큼직한'이라는 형용사가 '좋은'보다 훨씬 정확할 것이다.

그는 멕시코 만류가 흐르는 지역에서 작은 배를 타고 혼자 고기잡이를 하는 노인이었다. 오늘까지 84일 동안 그는 고기를 한 마리도 낚지 못한 채 시간을 보냈다. 첫 40일 동안은 소년이 그와 함께 배를 탔다. 하지만 40일을 한 마리의 고기도 낚지 못하자 소년의 부모는 그에게 이제 노인은 명백히 그리고 마침내 불행 가운데도 가장 끔찍한 불행에 처한 '살라오' 신세가 되고 말았다고 했다. 그리하여 소년은 부모의 지시에 따라 다른 배를 타게 되었는데, 그 배는 첫 한 주 동안 괜찮은 고기를 세 마리나 낚았다.

— 장경렬 역, 시공사 (2012)

위 번역에서 무엇보다도 가장 먼저 눈에 띄는 것은 군더더기 표현이 많다는 점이다. 예를 들어 "그는 멕시코 만류가 흐르는 지역에서"라는 구절은 군더더기이다. 번역자는 그냥 "그는 멕시코 만류에서"라고 해도 충분한데도 불필요한 말을 덧붙여 놓았다. 이렇게 불필요한 군더더기 표현은 두 번째 문장 "오늘까지 한 마리도 낚지 못한 채 시간을 보냈다"에서도 마찬가지로 엿볼 수 있다. '낚지 못했다'라는 말로 간결하게 옮길 수 있을 것을 굳이 '시간을 보냈다'라는 말을 덧붙인 까닭이 어디 있을까. "그는 고기를 한 마리도 낚지 못한 채"라는 구절도 군살을 뺄 수 있다. 조사 '를'과 '도'만 빼고 그냥 "그는 고기 한 마리 낚지 못한 채"라고 옮기면 훨씬 간결하고 명확해진다. 이렇게 체지방 같은 군더더기 표현을 모두 빼고 나면 규칙적인 운동으로 다져진 근육질의 건장한 남성과 같은 헤밍웨이의 스타일이 떠오른다.

더구나 첫 문장 "그는 멕시코 만류가……"와 두 번째 문장 "오늘까지 84일 동안 그는……"에서 주어 '그는'이 반복되어 있어 자연스럽지 못하다. 한국어 어법에서는 문맥에 따라 주어를 생략하는 쪽이 훨씬 더 자연스러울 때가 흔하다. 특히 똑같은 주어가 앞 문장에 나와 있을 때는 더더욱 그러하다. "84일 동안 고기 한 마리 낚지 못했다"로 번역했더라면 훨씬 간결하고 단순하여 헤밍웨이의 하드보일드 문장에 한층 더 가까울 것이다.

 이러한 군더더기 표현은 "소년의 부모는 그에게 이제 노인은 명백히 그리고 마침내 불행 가운데도 가장 끔찍한 불행에 처한 '살라오' 신세가 되고 말았다고 했다"라는 문장에서 가장 뚜렷이 엿볼 수 있다. "명백히 그리고 마침내"라는 구절도 영어를 서툴게 번역해 놓은 듯한 느낌이 든다. "불행 가운데도 가장 끔찍한 불행"이라는 구절은 그냥 "가장 끔찍한 불행"이라고 번역해도 충분하다. 또 "가장 끔찍한 불행에 처한 '살라오' 신세가 되고 말았다"라는 문장에서도 '처한'이나 '되고 말았다'도 조금 어색하다. 산티아고가 가장 큰 불행에 놓여 있는 '살라오'라기보다는 누가 뭐래도 틀림없이 '살라오'가 되었다는 뜻이다. 그런데 이 '살라오'라는 말은 스페인어로 아주 재수 없는 사람을 가리킨다고 번역해야 한다. 장경렬은 위 번역에서 '살라오'에 각주를 달아 "'재수 없는 사람', '운이 다한 사람'이라는 뜻을 지닌 라틴 아메리카의 속어"라고 풀이한다.

 마지막 문장의 "그 배는 첫 한 주 동안 괜찮은 고기를 세 마리나 낚았다"에서 '첫 한 주 동안'보다는 그냥 '첫 주 동안'이나 '첫 주에'로 옮기는 쪽이 더 좋을 것이다. 더구나 영어 'good fish'를 번역한 '괜찮은 고기'도 의미가 조금 약하다. 김병철이 번역한 '굉장한 고기'가 과잉 번역이라면, 장경렬이 번역한 '괜찮은 고기'는 축소 번역이라고 할 만하다. '큼직한 고기'라고 옮기는 쪽이 무난할 것이다.

"오늘까지"라는 구절도 문제가 있기는 마찬가지이다. '오늘'은 '여기'나 '저기'처럼 언어학에서 말하는 변환어(變換語)나 직시사(直示辭)이다. 다시 말해서 말하는 사람의 상황에 따라 그 의미는 얼마든지 달라질 수밖에 없다. 『노인과 바다』의 시점은 3인칭 전지적 시점이지만 시제는 몇몇 회상 장면을 제외하면 과거 시제로 사건이 연대기적으로 기술된다. 비록 며칠밖에는 시간적 추이가 없지만 사건은 먼 과거에서 가까운 과거로 이동한다. 그러므로 첫 단락의 두 번째 문장에서 "오늘까지"라는 부사를 사용하는 것은 그렇게 적절하다고 보기 어렵다. 어느 시점에서 이 부사를 사용하느냐에 따라 그 의미가 달라지기 때문이다. 그러므로 굳이 부사를 사용하고 싶으면 "지금까지"나 "여태껏"이라는 표현을 쓰는 것이 훨씬 정확할 것이다.

그는 멕시코 만류에서 조그만 돛단배로 혼자 고기잡이를 하는 노인이었다. 팔십사 일 동안 그는 바다에 나가서 고기를 한 마리도 잡지 못했다. 처음 사십 일 동안 한 소년이 그와 함께 나갔다. 하지만 사십일이 지나도록 고기를 한 마리도 잡지 못하자 소녀의 부모는 노인이 이젠 정말이지 돌이킬 수 없게 '살라오', 즉 운수가 완전히 바닥난 지경이 되었다고 소년에게 말했다. 소년은 부모가 시키는 대로 다른 배를 타고 나갔고, 그 배는 일주일 동안 큼직한 고기를 세 마리나 잡았다.

—이인규 역, 문학동네(2012)

위 번역에서는 첫 문장의 "조그만 돛단배로"라는 구절이 다른 번역과는 다르다. 지금까지 번역자들은 원문의 영어 'skiff'를 '작은 배'나 '조각배'라는 어휘를 사용해 왔다. '돛단배'란 글자 그대로 돛을 단 배를 말한다. 물론 산티아고가 타고 있는 조각배도 돛이 달린 배이다. 첫 단락 마지막 부분에서 "돛은 여기저기 밀가루 부대 조각으로 기워져 있어 돛대에 높이 펼쳐 올리면 마치 영원한 패배를 상징하는 깃발처럼 보였다"라고 말한다. 그러나 적어도 함축적 의미에서는 '조각배'와 '돛단배'는 조금 차이가 난다. 전자는 한 사람이 노를 젓는 작은 배라는 함축적 의미가 강한 반면, 후자는 범선처럼 낭만적인 항해라는 함축적 의미가 강하다. 번역에서는 지시어와 함축어를 잘 구분하여 사용해야 한다. 원천 텍스트에서 지시어적 의미가 강한 어휘를 함축적 의미가 강한 어휘로 번역해서는 안 되고, 이와 반대로 함축적 의미가 강한 어휘를 지시적 어미로 환원해서도 안 된다.

　더구나 "팔십사 일 동안"이나 "처음 사십 일까지는" 또는 "사십 일이 지나도록"에서처럼 한자식으로 숫자를 표기하는 것도 조금 부자연스럽다. 다른 번역에서는 아라비아 숫자로 '84'와 '40'으로 표기한다. 한자식 표기법이나 아라비아 숫자보다는 '여든넷'이나 '마흔'처럼 순수한 한국어 숫자 표기법을 사용하는 것이 훨씬 좋을 것이다. 헤밍웨이는 다른 작품도 마찬가지이지만 특히 『노인과 바다』에서는 고대 그리스어나 라틴어에서 파생된 영어보다는 앵글로색슨 계통의 토착어를 즐겨 사용한다. 평생 어부로 살아 온 산티아고에게는 복잡한 다음절 어휘보다는 짧고 단순한 단음절 토박이말이 훨씬 잘 어울린다.

　이인규도 장경렬처럼 첫째 문장과 두 번째 문장에서 동일한 주어 '그는'을 반복하여 사용한다. 또 위 번역에서 "그는 바다에 나가서 고기를 한 마리도 잡지 못했다"라는 문장도 부자연스럽다. '바다에 나가서'라는 표현은 소장과 대장 사이에 붙어 있는 맹장처럼 불필요하다. 고기를 잡기 위해서 바다에 나간다고 말하는 것은 마치 소금이 짜다고 말하는 것과 같다. 헤밍웨이처럼 한 어휘 하나하나에 무척 신경을 쓰는 작가의 작품에서는 어휘 한 마디를 생략하느냐 덧붙이느냐 하는 것은 매우 중요하다.

"정말이지 돌이킬 수 없게 '살라오', 즉 운수가 완전히 바닥난 지경이 되었다"라는 문장도 서툰 번역이다. "운수가 완전히 바닥난 지경이 되었다"보다는 "운수가 완전히 바닥났다"로 옮기는 쪽이 훨씬 간결하고 명료하다. 운수가 기운 것을 두고 '바닥나다'라고 말하는 것부터가 자연스럽지 못하다. '바닥나다'라는 동사는 "빌린 돈마저 바닥났다"니 "재고가 바닥났다"니 하는 문장처럼 모두 사용하여 없어지는 것을 말한다. "운수가 완전히 바닥났다"보다는 차라리 "억세지 운수(재수)가 없다"니 "운수가 몹시 사납다"니 하는 표현이 훨씬 잘 어울린다. 마지막 문장 "그 배는 일주일 동안 큼직한 고기를 세 마리나 잡았다"에서도 원문의 내용을 좀 더 충실히 옮긴다면 '일주일 동안'이 아니라 '첫 주에'나 '첫 주일에'라고 해야 한다.

그는 멕시코 만류(북아메리카 대륙 동남 해안에 있는 커다란 멕시코 만에서 미국 연안까지 북상하고 동북으로 나아가 영국 제도 방면까지 이르는 난류 _옮긴이)에 조각배를 띄우고 혼자 고기잡이를 하는 노인이었다. 노인은 팔십사 일 내내 물고기를 한 마리도 잡지 못했다. 처음 사십 일까지는 한 소년이 함께 있었다. 그러나 사십 일이 지나도록 물고기를 잡지 못하자, 부모는 노인이 이제 정말 살라오(Salao, '운이 없는 사람'을 뜻하는 스페인어 _옮긴이)에 빠지고 말았다고 했다. 노인의 운이 다할 대로 다했다는 것이다. 소년은 부모가 시키는 대로 다른 배로 옮겼고, 그 배는 바다로 나간 첫 주에 큼직한 물고기를 세 마리나 잡았다.

— 베스트트랜스, 더클래식(2012)

위 번역에서 무엇보다도 눈에 띄는 것은 본문 안에 주석을 자세히 달고 있다는 점이다. 첫 번째 내주(內註)는 이 주가 들어 있는 문장보다도 더 길다. 배보다 오히려 배꼽이 더 큰 격이다. 멕시코 만류를 설명하는 이 주는 웬만한 지리책을 찾아보아야 겨우 얻을 수 있는 내용이다. '커다란' 멕시코 만이라고 설명하는 것도 사족인데 "북아메리카 대륙 동남 해안에 있는"이라고 그 위치까지 친절하게 안내해 준다. 이렇게 멕시코 만류에 대해 장황하게 설명하다 보니 주인공 산티아고가 홀로 고기잡이를 하는 행동보다는 그가 고기를 잡는 장소에 훨씬 무게가 실리기 마련이다.

'살라오'에 대한 두 번째 주석도 첫 번째 주석과 크게 다르지 않다. 번역자는 원어까지 표기하면서 '운이 없는 사람'을 뜻하는 스페인어라고 풀이한다. 그러나 헤밍웨이는 본문에서 "the old man was now definitely and finally salao, which is the worst form of unlucky"라고 언급하고 있기 때문에 본문에서 직접 번역하지 않고 굳이 주석을 달아서 별도로 설명할 까닭이 없다. 가령 "이제 노인이 누가 뭐래도 틀림없이 '살라오'가 되었다. 그런데 '살라오'란 스페인 말로 '가장 운이 없는 사람'이라는 뜻이다" 정도로 옮기는 것으로 충분할 것이다.

더구나 주석 때문에 자칫 놓치고 그냥 지나갈 수 있을지 모르지만 주석을 빼고 앞뒤 구절을 연결해 보면 올바른 문장이 아닌 비문(非文)임을 알 수 있다. "정말 살라오(……)에 빠지고 말았다"라는 문장은 문법적으로나 논리적으로 잘 들어맞지 않는다. 번역자가 주석에서도 밝히고 있듯이 '살라오'란 가장 운이 없는 사람을 가리킨다. 어떻게 사람(살라오)에 빠질 수 있는지 알 수 없다. 한국어 문헌 중에서 『석보상절(釋譜詳節)』에 처음 나오는 '빠지다'라는 동사는 두말할 나위 없이 '물에 빠지다'라느니 '사랑에 빠지다'라느니 '잠에 빠지다'라느니 할 때처럼 일이 어떤 상태나 처지에 놓이게 되는 것을 일컫는 말이다. 그러므로 "가장 운이 없는 사람을 뜻하는 '살라오'가 되었다"로 번역하거나, 아니면 '살라오'를 추상명사로 간주하여 "가장 운이 없는 상태에 빠졌다"나 "최악의 불운에 빠졌다" 또는 "최악의 불운을 만났다" 등으로 옮기는 쪽이 훨씬 정확하다.

이왕 '살라오'라는 어휘가 나왔으니 말이지만 엄밀한 의미에서 이 말은 스페인어로 볼 수 없다. 본디 스페인어에서는 '살라오'가 아니라 '살라도(salado)'라고 한다. 살라도란 '소금 맛이 나는, 쓰라린, 불행한, 재수 없는' 등의 뜻이다. 특히 '불행한'이나 '재수 없는'이라는 뜻은 스페인보다는 멕시코에서 흔히 사용한다. 언젠가 누군가가 유명한 페루 작가인 후안 모리요 가노사에게 이 어휘를 물어본 적이 있다. 그랬더니 그는 쿠바 사람들은 'salado'에서 'd'를 빼고 'salao'라고 사용한다고 대답했다는 것이다. 실제로 쿠바에서는 'salado'라고 표기하면서도 발음할 때는 'd'를 탈락하여 발음하는 경우가 많다. 붉은색을 뜻하는 'colorado'를 'colorao'로 발음하는 것과 똑같은 이치이다.

법률 문서나 외교 통사, 외교 문서 또는 학술 서적 같은 기술 번역과는 달라서 문학 번역에서는 굳이 주석을 달 필요가 없고, 주석이 필요한 경우에는 그 수를 최소한으로 줄이는 것이 좋다. 물론 문학 번역이라고 해도 작품에 따라 차이는 있다. 가령 현대에서 멀리 떨어진 작품일수록 역사적 배경이나 문화적 배경 또는 세월의 풍화 작용을 받은 어휘나 표현을 설명해 주는 주석이 필요할 것이다.

그러나 문학 작품의 번역에서 주석은 될 수 있으면 피하는 것이 좋으며, 목표 언어의 독자들에게 정보를 줄 필요가 있다면 내주보다는 각주(脚註)나 미주(尾註)로 처리하는 것이 좋다.

본문 안에 각주가 나오면 작품을 읽던 독자들은 싫든 좋든 잠시 독서 행위를 멈출 수밖에 없다. 자연스러운 흐름이 끊기고 마는 것이다. 이렇게 번역서 본문 안에 길게 주석을 다는 것은 마치 음악을 감상하는 도중에 갑자기 해설자가 나와 음악을 잠시 끄고 해설을 덧붙이는 것과 비슷하다. 만약 번역자가 내주가 아닌 각주나 미주의 형식을 택한다면 독자들은 좀 더 정확한 정보가 필요하다면 작품을 다 읽고 난 뒤에 주석을 참고해도 좋을 것이다. 물론 이러한 주석마저 무시할 독자들이 얼마든지 있을 것이다.

위 번역은 각주뿐만 아니라 본문에서도 몇 가지 문제가 있다. 예를 들어 "멕시코 만류(……)에 조각배를 띄우고 혼자 고기잡이를 하는 노인이었다"라는 문장에서 '조각배를 띄우고'라는 구절이 그다지 적절해 보이지 않는다. '배를 띄우다'라는 말은 흔히 '유람선을 띄우다'처럼 강이나 바다 위에서 배를 타고 놀이를 할 때 흔히 쓰는 표현이다. 산티아고처럼 고기를 잡아먹고사는 어부에게는 왠지 어울리지 않는다. 가령 이미자가 불러 한때 히트한 노래 중에 「떠나도 마음만은」이라는 유행가가 있다. "푸른 물 파도 위에 조각배를 띄우고 / 지금은 얼굴마저 잊으신 줄 알지만 / '나 여기 삽니다'고 허공 위에 웃으며 / 아, 떠나도 마음만은 기별을 전합니다" 이 가사에서도 '조각배를 띄우고'라는 구절은 어부가 고개를 잡기 위하여 출항하는 것과는 거리가 멀다.

또한 영어 'fish'를 '물고기'로 번역하는 것도 목에 고기 가시가 걸린 것처럼 어딘지 모르게 부자연스럽다. 앞에 "고기잡이를 하는 노인이었다"라는 문장이 나왔기 때문에 '물고기'보다는 그냥 '고기'로 옮기는 것이 훨씬 자연스럽다. 윤극영이 노랫말을 짓고 곡을 붙인「고기잡이」라는 동요만 보아도 잘 알 수 있다. "고기를 잡으러 바다로 갈까나 / 고기를 잡으러 강으로 갈까나" 바다와 강이 나오기 때문에 굳이 '물고기'라고 하지 않고 '고기'라고 하였다. 단순히 3·3조나 6·6조의 리듬을 맞추기 위한 것이 아니다. '고기' 대신에 '물고기'를 잡으러 간다고 말했더라면 오히려 군더더기가 같아서 시적 긴장이 풀려버릴 것이다. '고기'라고 번역한다고 하여 'fish'가 아닌 'meat'로 받아들일 독자는 아마 한 사람도 없을 것이다.

그런데 지금까지 다룬 번역판과는 달리 더클래식이라는 출판사가 출간한 위 번역에는 번역자의 이름이 표기되어 있지 않다는 점도 특이하다. 겉표지나 속표지에는 번역자 이름 대신에 '베스트트랜스'라는 단체의 이름만이 나와 있을 뿐이다. 두말할 나위 없이 '최선의 번역(자)'이라는 뜻의 모임일 것이다. 특정한 한 개인이 번역한 것인지 여러 사람이 공동으로 번역한 것인지 알 길이 없다. 그러나 이러한 익명성은 번역에 자칫 무책임할 수가 있다. 심지어 상품에도 원산지를 표시하고 제조자를 표시하여 책임 소재를 분명히 하는 것이 요즈음 관행이다. 그런데도 번역 같은 지적 작업에 번역자를 직접 밝히지 않는 것은 문제가 없지 않다. 번역자를 밝히는 대신에 더클래식 출판사에서는 "세계 여러 곳에 숨겨진 작품을 발굴, 기획하고 번역하는 사람들의 모임이다. 기자, 작가, 편집자들이 최대한 원작자의 느낌을 살려 번역하는 원칙을 두고 활동하고 있다"고 적는다. 『노인과 바다』의 첫 단락 번역만 보아도 여기에서 "최대한 원작자의 느낌을 살려 번역하는 원칙"이라는 구절이 왠지 공허하게 들린다. 지금까지 언급했듯이 헤밍웨이 특유의 간결체와 하드보일드 스타일을 제대로 살려 냈다고 보기 어렵기 때문이다.

그는 멕시코 만류에서 조각배를 타고 홀로 고기잡이 하는 노인이었다. 여든 날 하고도 나흘이 지나도록 고기 한 마리 낚지 못했다. 처음 사십 일 동안은 소년 하나가 함께 있었다. 그러나 사십 일이 지나도록 고기 한 마리도 잡지 못하자 소년의 부모는 그에게 이제 노인이 누가 뭐래도 틀림없이 '살라오'가 되었다고 말했다. '살라오'란 스페인 말로 '가장 운이 없는 사람'이라는 뜻이다. 소년은 부모가 시키는 대로 다른 배로 옮겨 타게 되었는데, 그 배는 첫 주에 큼직한 고기를 세 마리나 잡았다.

― 김욱동 역, 민음사(2012)

    자신의 번역을 객관적으로 비판하기란 여간 어렵지 않다. 그러나 단행본으로 출간되고 난 뒤 다시 읽어 보니 다른 번역본들과 다른 곳도 더러 눈에 띄고, 또 고치고 싶은 곳이 한둘이 아니다. 먼저 나는 될 수 있는 대로 한자어를 피하고 토박이말을 구사하려고 애썼다. 가령 다른 번역자들이 '팔십사 일'이나 '84일'이라고 한 것을 좀 더 우리말로 풀어서 "여든 날 하고도 나흘이 지나도록"이라고 하였다. 그러나 단조로움을 피하려고 '사십 일'은 '마흔 날'이라고 하지 않았다. 다른 번역자들이 "부모의 명령으로"나 "부모의 지시에 따라"로 옮긴 것을 나는 "부모가 시키는 대로"로 옮겼다.

    앞에서 언급했듯이 나는 군더더기 표현을 빼고 헤밍웨이 특유의 문체를 살리려고 노력하였다. 가령 '물고기' 대신에 '고기'라는 말을 사용했고, 목적격 조사 '를'을 생략하고 그냥 "고기 한 마리도 잡지 못하자"라고 하였다. 베스트트랜스처럼 "그 배는 바다로 나간 첫 주에"로 옮기지 않고 "그 배는 첫 주에"로 옮겼다. 또 '살라오'와 관련한 긴 문장도 두 문장으로 나누어 번역하여 독자들의 이해를 도우려고 하였다. 그러나 아직도 빼고 싶은 군더더기 표현이 남아 있다. 예를 들어 "처음 사십 일 동안은 소년 하나가 함께 있었다"라는 문장에서 "소년 하나가"를 "한 소년이"로 바꾸고 싶다. 또 "사십 일이 지나도록 고기 한 마리도 잡지 못하자"에서도 조사 '도'를 생략하고 그냥 '고기 한 마리'로 고칠 것이다.

# 어니스트 헤밍웨이 연보

어린 시절 어니스트 헤밍웨이 (1902)

헤밍웨이 가족사진. 뒷줄 맨 왼쪽이 어니스트(1906)

제대 후 귀향한 헤밍웨이(1919)

## 1899
7월 21일, 의사인 아버지 클래런스 헤밍웨이와 음악 교사 그레이스 헤밍웨이 사이에서 여섯 자녀 중 둘째로 일리노이 주 시카고 교외 오크파크에서 출생.

## 1913
오크파크 고등학교 입학. 재학 시절 저널리스트와 작가로서 재능을 보임.

## 1917
오크파크 및 리버포리스트 고등학교 졸업. 10월, 대학 입학을 포기하고 『캔자스시티 스타』 신문사의 수습 기자로 취직.

## 1918
4월, 신문 기자를 그만두고 제1차 세계대전에 참전하고자 미 육군에 자원하지만, 권투 연습 중 부상하여 나빠진 시력 때문에 입대가 거부됨. 5월 23일, 미 적십자 부대의 앰뷸런스 운전사로 지원하여 이탈리아 전선에 투입됨. 7월 8일, 이탈리아 북부 포살타 디 피아베에서 박격포 포탄 및 중기관총 사격을 받고 두 다리에 중상을 입음. 이탈리아 정부로부터 무공훈장을 받음. 밀라노 육군병원에서 치료를 받던 중 일곱 살 연상인 미국 간호 장교 애그니스 본 쿠로스키와 사랑에 빠짐.

### 1919
제1차 세계대전 휴전 후 미국에 돌아오지만, 나이가 어리다는 이유로 애그니스 쿠로스키로부터 결혼을 거절당함. 쿠로스키는 곧 이탈리아 장교와 사귐.

애그니스 쿠로스키(1892~1984)

### 1920
어머니와의 불화로 집을 나와 캐나다의 온타리오 주 토론토에 거주하면서 『토론토 스타』의 기자로 근무함. 같은 해 말 시카고로 돌아와 주식투자 전문 잡지사에서 편집인으로 잠시 근무함. 이 무렵 소설가 셔우드 앤더슨과 친교를 맺기 시작함.

해들리 리처드슨(1891~1979)

### 1921
9월 3일, 해들리 리처드슨과 결혼. 11월, 『토론토 스타』 및 『스타 위클리』의 기자 겸 해외 특파원 자격으로 파리에 감. 셔우드 앤더슨의 추천장을 가지고 당시 파리에서 거주하던 거트루드 스타인을 만남.

### 1922
『토론토 스타』 특파원 자격으로 그리스-터키 전쟁을 취재하러 오늘날의 터키 이즈미르에 해당하는 스미르나를 여행. 파리에서 에즈러 파운드와 거트루드 스타인에게 소설 작법을 배움. 12월, 해들리가 파리 리옹 역에서 그의 미발표 원고를 모두 분실.

거트루드 스타인(1874~1946)

## 1923

임신 중인 아내 해들리와 함께 스페인의 팜플로나에서 투우 관람. 10월, 첫아들 존 해들리(범비) 출생. 이를 계기로 잠시 토론토를 방문. 7월, 『세 편의 단편과 열 편의 시』를 한정판으로 파리에서 출간.

첫 아들 범비와 함께(1923)

## 1924

포드 매덕스 포드의 잡지 『트랜스아틀랜틱 리뷰』 편집을 도와줌. 1월, 파리에서 단편 소품집 『우리 시대에(in our time)』 출간. 해들리, 존 도스 패서스 등과 함께 스페인의 팜플로나 두 번째 여행.

## 1925

7월, 아내와 어린 시절의 친구 빌 스미스 등과 함께 스페인 팜플로나 세 번째 여행. 4월, 파리의 '딩고 바'에서 F. 스콧 피츠제럴드를 만나 사귀기 시작. 10월, 일련의 단편소설이 수록된 『우리 시대에(In Our Time)』를 미국 출판사 보니 앤드 라이브라이트 사에서 출간.

친구들과 팜플로나에서(1924)

## 1926

스콧 피츠제럴드의 소개로 찰스 스크리브너스 출판사와 편집자 맥스웰 퍼킨스를 알게 됨. 5월, 처녀 장편소설 『봄의 계류』를 찰스 스크리브너스에서 출간. 6월, 아내 해

스콧 피츠제럴드(1896~1940)

어니스트 헤밍웨이 연보 165

들리와 두 번째 아내가 될 폴린 파이퍼와 함께 스페인의 팜플로나 여행. 10월, 『태양은 다시 떠오른다』 출간.

### 1927
4월, 해들리와 이혼하고 한 달 뒤 파리에서 발행하던 잡지 『보그』에서 근무하는 패션 작가이자 부유한 여성 폴린 파이퍼와 재혼. 10월, 단편집 『여자 없는 남자』 출간.

폴린 파이퍼(1895~1951)

### 1928
파리에서 미국 플로리다 주 키웨스트로 이주. 이후 1950년대까지 이곳에서 주요 작품을 집필. 6월, 둘째 아들 패트릭 출생. 12월, 아버지 클래런스 헤밍웨이 권총 자살.

### 1929
9월, 『무기여 잘 있어라』 출간.

키웨스트 저택에서 폴린과 함께 (1928)

### 1930
몬태나 주 빌링스 근처에서 사슴 사냥 중 자동차 사고로 팔에 심한 골절상을 입음.

### 1931
11월, 셋째 아들 그레고리 행콕 출생.

### 1932
9월, 논픽션 『오후의 죽음』 출간.

영화 「무기여 잘 있어라」의 한 장면(1932)

케냐에서 사파리(1934)

## 1933
10월, 단편집 『승자에게는 아무것도 주지 마라』 출간. 아프리카 케냐에서 10주간 사파리 사냥.

## 1935
10월, 아프리카 사파리를 다룬 논픽션 『아프리카의 푸른 언덕』 출간.

## 1937
스페인 내전 중 북아메리카 뉴스연합(NANA) 통신 특파원 자격으로 스페인 내전 취재. 10월, 『유산자와 무산자』 출간.

스페인 내전 취재(1937)

## 1938
6월, 선전 영화 『스페인의 땅』 대본 출간. 10월, 『제5열 및 최초의 49단편』 출간.

## 1939
11월, 폴린 파이퍼와 별거하고 쿠바 아바나 교외에 저택을 구입하여 핑카 비히아로 이주.

## 1940
11월, 작가이자 신문 기자인 마서 겔혼과 세 번째 결혼. 10월, 『누구를 위하여 종은 울리나』 출간.

중국 병사들을 취재 중인 헤밍웨이와 마서 겔혼(1941)

### 1942
제2차 세계대전 중 미 해군에 자원하여 자신의 보트 필라 호로 카리브 해와 쿠바 해안에서 독일 잠수함을 수색하지만, 한 척도 발견하지 못함. 10월, 전쟁 이야기 모음집 『싸우는 사람들』 편집과 서문 집필.

### 1943
신문·잡지의 특파원으로 유럽 전쟁 취재.

영국 런던의 돌체스타 호텔에서 (1944)

### 1944
『콜리어』의 전쟁 특파원으로 연합군의 노르망디 상륙작전과 독일 진격 등을 취재, 파리 입성에도 참가. 런던에서 신문 기자·특파원 메리 웰시를 만나 사귀기 시작.

파리로 향하는 헤밍웨이(1944)

### 1945
12월, 마서 겔혼과 이혼.

### 1946
3월, 메리 웰시와 네 번째 결혼 후 쿠바와 미국 아이다호 주 케첨에서 살기 시작.

### 1947
제2차 세계대전 중 독일 잠수함 수색에 공헌했음을 인정받아 미국 정부로부터 훈장을 받음.

선밸리에서 포즈를 취한 헤밍웨이와 메리 웰시(1947)

아프리카에서 물소를 사냥한 헤밍웨이(1953)

케냐 병원에 입원한 헤밍웨이 (1954)

어니스트 헤밍웨이와 메리 웰시가 나란히 누워 있는 케첨의 묘지

## 1950
9월, 『강을 건너 숲 속으로』 출간.

## 1951
6월, 어머니 그레이스 헤밍웨이 사망.

## 1952
9월, 『노인과 바다』를 『라이프』 지에 발표하고 단행본으로 출간.

## 1953
『노인과 바다』 퓰리처상 소설 부문 수상. 메리 웰시와 동아프리카로 두 번째 사파리 여행.

## 1954
1월, 아프리카에서 두 차례 비행기 사고와 들불로 중상. 12월, 노벨 문학상 수상.

## 1959
스페인에서 투우 관람. 건강 악화.

## 1961
쿠바를 떠나 아이다호 주 케첨에 있는 자택으로 이주. 우울증, 알코올 중독증, 기타 질병에 시달리던 중 7월 2일 엽총으로 자살. 가톨릭 장례식 이후 아이다호 주 선밸리 근교 케첨에 안치.

# 참고 문헌

## I. 헤밍웨이 주요 작품

## 1. 장편소설

『봄의 계류』(*The Torrents of Spring*, 1925)

『태양은 다시 떠오른다』(*The Sun Also Rises*, 1926)

『무기여 잘 있어라』(*A Farewell to Arms*, 1929)

『유산자와 무산자』(*To Have and Have Not*, 1937)

『누구를 위하여 종은 울리나』(*For Whom the Bell Tolls*, 1940)

『강을 건너 숲 속으로』(*Across the River and into the Trees*, 1950)

『노인과 바다』(*The Old Man and the Sea*, 1952)

『해류 속의 섬들』(*Islands in the Stream*, 1970)

『에덴동산』(*The Garden of Eden*, 1986)

『여명의 진실』(*True at First Light*, 1999)

## 2. 단편소설집

『세 편의 단편과 열 편의 시』(*Three Stories and Ten Poems*, 1923)

『우리 시대에』(*in our time*, 1924)

『우리 시대에』(*In Our Time*, 1925)

『여자 없는 남자』(*Men Without Women*, 1927)

『킬리만자로의 눈』(*The Snows of Kilimanjaro*, 1932)

『승자에게는 아무것도 주지 마라』(*Winner Take Nothing*, 1933)

『제5열 및 최초 49단편』(*The Fifth Column and First 49 Stories*, 1938)

『헤밍웨이 단편선』(*The Short Stories of Ernest Hemingway*, 1954)

『닉 애덤스 이야기』(*The Nick Adams Stories*, 1972)

『어니스트 헤밍웨이 단편전집: 핑카 비히아 판』(*The Complete Short Stories of Ernest Hemingway: The Finca Vigía Edition*, 1987)


## 3. 논픽션

『오후의 죽음』(*Death in the Afternoon*, 1932)

『아프리카의 푸른 언덕』(*Green Hills of Africa*, 1935)

『위험한 여름』(*The Dangerous Summer*, 1960)

『움직이는 축제』(*A Moveable Feast*, 1964)

## II. 헤밍웨이에 관한 연구서

Atkins, John. *The Art of Ernest Hemingway: His Work and Personality*. London: Nevill, 1952.

Baker, Carlos. *Hemingway: The Writer As Artist*. 4th ed. Princeton: Princeton University Press, 1972.

_____. *Ernest Hemingway: A Life Story*. New York: Charles Scribner's Sons, 1969.

_____, ed. *Ernest Hemingway: Selected Letters 1917-1961*. New York: Charles Scribner's Sons, 2003.

_____, ed. *Hemingway and His Critics: An International Anthology*. New York: Hill and Wang, 1961.

Bouchard, Donald F. *Hemingway: So Far From Simple*. Amherst: Prometheus Books, 2010.

Burwell, Rose Marie. *Hemingway: The Postwar Years and the Posthumous Novels*. New York: Cambridge University Press, 1996.

Fenton, Charles A. *The Apprenticeship of Ernest Hemingway: The Early Years*. New York: Farrar, Straus & Cudahy, 1954.

Hemingway, Gregory. *Papa: A Personal Memoir*. Boston: Houghton Mifflin, 1976.

Hemingway, Leicester. *My Brother, Ernest Hemingway*. New York: Fawccett, 1962.

Hemingway, *Mary Welsh. How It Was*. New York: Knopf, 1976.

Hotchner, A. E. *Papa Hemingway: A Personal Memoir*. New ed. Cambridge: Da Capo Press, 2005.

Kert, Bernice. *The Hemingway Women*. New York: W. W. Norton, 1983.

Killinger, John. *Hemingway and the Dead Gods*. Lexington: University of Kentucky Press, 1960.

Lynn, Kenneth S. *Hemingway*. New York: Simon & Schuster, 1987.

Mandel, Miriam. *Reading Hemingway: The Facts in the Fictions*. Metuchen, Scarecrow Press, 1995.

McCaffrey, John K. M. *Ernest Hemingway: The Man and His Work*. Cleveland: World Publishing. Co., 1950.

Meyers, Jeffrey. *Hemingway: A Biography*. New York: Harper & Row, 1985.

_____, ed. *Hemingway: The Critical Heritage*. London: Routledge, 1986.

Phillips, Larry W., ed. *Ernest Hemingway on Writing*. New York: Charles Scribner's Sons, 1984.

Reynolds, Michael S. *Hemingway: An Annotated Chronology: an Outline of the Author's Life and Career Detailing Significant Events, Friendships, Travels, and Achievements*. Detroit: Omnigraphics, 1991.

_____. *The Young Hemingway*. New York: W. W. Norton, 1997.

_____. *Hemingway: The Paris Years*. W. W. Norton, 1997.

_____. *Hemingway: The 1930s*. New York: W. W. Norton, 1997.

_____. *Hemingway: The Homecoming*. W. W. Norton: New York 1999.

_____. *Hemingway: The Final Years*. New York: W. W. Norton, 2000.

Ross, Lillian. *Portrait of Hemingway*. New York: Simon & Schuster, 1961.

Rovit, Earl. *Ernest Hemingway*. New York: Twayne Publishers, 1963.

Sanderson, Stewart. *Ernest Hemingway*. Edinburgh: Oliver and Boyd, 1961.

Spanier, Sandra and Robert W. Trogdon, eds. *The Letters of Ernest Hemingway: Volume 1, 1907-1922*. New York: Cambridge University Press, 2011.

Wagner-Martin, Linda, ed. *A Historical Guide to Ernest Hemingway*. New York: Oxford University Press, 2000.

Waldorn, Arthur. *A Reader's Guide to Ernest Hemingway*. New York: Octagon Books, 1981.

Weeks, Robert P., ed. *Hemingway: A Collection of Critical Essays*. Englewood: Prentice-Hall, 1962.

Young, Philip. *Ernest Hemingway: A Reconsideration*. University Park: Pennsylvania State University Press, 1966.

# The Old Man and the Sea

Ernest Hemingway

Original Text

He was an old man who fished alone in a skiff in the Gulf Stream and he had gone eighty-four days now without taking a fish. In the first forty days a boy had been with him. But after forty days without a fish the boy's parents had told him that the old man was now definitely and finally *salao*, which is the worst form of unlucky, and the boy had gone at their orders in another boat which caught three good fish the first week. It made the boy sad to see the old man come in each day with his skiff empty and he always went down to help him carry either the coiled lines or the gaff and harpoon and the sail that was furled around the mast. The sail was patched with flour sacks and, furled, it looked like the flag of permanent defeat.

The old man was thin and gaunt with deep wrinkles in the back of his neck. The brown blotches of the benevolent skin cancer the sun brings from its reflection on the tropic sea were on his cheeks. The blotches ran well down the sides of his face and his hands had the deep-creased scars from handling heavy fish on the cords. But none of these scars were fresh. They were as old as erosions in a fishless desert.

Everything about him was old except his eyes and they were the same color as the sea and were cheerful and undefeated.

"Santiago," the boy said to him as they climbed the bank from where the skiff was hauled up. "I could go with you again. We've made some money."

The old man had taught the boy to fish and the boy loved him.

"No," the old man said. "You're with a lucky boat. Stay with them."

"But remember how you went eighty-seven days without fish and then we caught big ones every day for three weeks."

"I remember," the old man said. "I know you did not leave me because you doubted."

"It was papa made me leave. I am a boy and I must obey him."

"I know," the old man said. "It is quite normal."

"He hasn't much faith."

"No," the old man said. "But we have. Haven't we?"

"Yes," the boy said. "Can I offer you a beer on the Terrace and then we'll take the stuff home."

"Why not?" the old man said. "Between fishermen."

They sat on the Terrace and many of the fishermen made fun of the old man and he was not angry. Others, of the older fishermen, looked at him and were sad. But they did not show it and they spoke politely about the current and the depths they had drifted their lines at and the steady good weather and of what they had seen. The successful fishermen of that day were already in and had butchered their marlin out and carried them laid full length across two planks, with two men staggering at the end of each plank, to the fish house where they waited for the ice truck to carry them to the market in Havana. Those who had caught sharks had taken them to the shark factory on the other side of the cove where they were hoisted on a block and tackle, their livers removed, their fins cut off and their hides skinned out and their flesh cut into strips for salting.

When the wind was in the east a smell came across the harbour from the shark factory; but today there was only the faint edge of the odour because the wind had backed into the north and then dropped off and it was pleasant and sunny on the Terrace.

"Santiago," the boy said.

"Yes," the old man said. He was holding his glass and thinking of many years ago.

"Can I go out to get sardines for you for tomorrow?"

"No. Go and play baseball. I can still row and Rogelio will throw the net."

"I would like to go. If I cannot fish with you, I would like to serve in some way."

"You bought me a beer," the old man said. "You are already a man."

"How old was I when you first took me in a boat?"

"Five and you nearly were killed when I brought the fish in too green and he nearly tore the boat to pieces. Can you remember?"

"I can remember the tail slapping and banging and the thwart breaking and the noise of the clubbing. I can remember you throwing me into the bow where the wet coiled lines were and feeling the whole boat shiver and the noise of you clubbing him like chopping a tree down and the sweet blood smell all over me."

"Can you really remember that or did I just tell it to you?"

"I remember everything from when we first went together."

The old man looked at him with his sun-burned, confident loving eyes.

"If you were my boy I'd take you out and gamble," he said. "But you are your father's and your mother's and you are in a lucky boat."

"May I get the sardines? I know where I can get four baits too."

"I have mine left from today. I put them in salt in the box."

"Let me get four fresh ones."

"One," the old man said. His hope and his confidence had never gone. But now they were freshening as when the breeze rises.

"Two," the boy said.

"Two," the old man agreed. "You didn't steal them?"

"I would," the boy said. "But I bought these."

"Thank you," the old man said. He was too simple to wonder when he had attained humility. But he knew he had attained it and he knew it was not disgraceful and it carried no loss of true pride.

"Tomorrow is going to be a good day with this current," he said.

"Where are you going?" the boy asked.

"Far out to come in when the wind shifts. I want to be out before it is light."

"I'll try to get him to work far out," the boy said. "Then if you hook something truly big we can come to your aid."

"He does not like to work too far out."

"No," the boy said. "But I will see something that he cannot see such as a bird working and get him to come out after dolphin."

"Are his eyes that bad?"

"He is almost blind."

"It is strange," the old man said. "He never went turtle-ing. That is what kills the eyes."

"But you went turtle-ing for years off the Mosquito Coast and your eyes are good."

"I am a strange old man."

"But are you strong enough now for a truly big fish?"

"I think so. And there are many tricks."

"Let us take the stuff home," the boy said. "So I can get the cast net and go after the sardines."

They picked up the gear from the boat. The old man carried the mast on his shoulder and the boy carried the wooden boat with the coiled, hard-braided brown lines, the gaff and the harpoon with its shaft. The box with the baits was under the stern of the skiff along with the club that was used to subdue the big fish when they were brought alongside. No one would steal from the old man but it was better to take the sail and the heavy lines home as the dew was bad for them and, though he was quite sure no local people would steal from him, the old man thought that a gaff and a harpoon were needless temptations to leave in a boat.

They walked up the road together to the old man's shack and went in through its open door. The old man leaned the mast with its wrapped sail against the wall and the boy put the box and the other gear beside it. The mast was nearly as long as the one room of the shack. The shack was made of the tough budshields of the royal palm which are called *guano* and in it there was a bed, a table, one chair, and a place on the dirt floor to cook with charcoal. On the brown walls of the flattened, overlapping leaves of the sturdy fibered *guano* there was a picture in color of the Sacred Heart of Jesus and another of the Virgin of Cobre. These were relics of his wife. Once there had been a tinted photograph of his wife on the wall but he had taken it down because it made him too lonely to see it and it was on the shelf in the corner under his clean shirt.

"What do you have to eat?" the boy asked.

"A pot of yellow rice with fish. Do you want some?"

"No. I will eat at home. Do you want me to make the fire?"

"No. I will make it later on. Or I may eat the rice cold."

"May I take the cast net?"

"Of course."

There was no cast net and the boy remembered when they had sold it. But they went through this fiction every day. There was no pot of yellow rice and fish and the boy knew this too.

"Eighty-five is a lucky number," the old man said. "How would you like to see me bring one in that dressed out over a thousand pounds?"

"I'll get the cast net and go for sardines. Will you sit in the sun in the doorway?"

"Yes. I have yesterday's paper and I will read the baseball."

The boy did not know whether yesterday's paper was

a fiction too. But the old man brought it out from under the bed.

"Perico gave it to me at the *bodega*," he explained.

"I'll be back when I have the sardines. I'll keep yours and mine together on ice and we can share them in the morning. When I come back you can tell me about the baseball."

"The Yankees cannot lose."

"But I fear the Indians of Cleveland."

"Have faith in the Yankees my son. Think of the great DiMaggio."

"I fear both the Tigers of Detroit and the Indians of Cleveland."

"Be careful or you will fear even the Reds of Cincinnati and the White Sox of Chicago."

"You study it and tell me when I come back."

"Do you think we should buy a terminal of the lottery with an eighty-five? Tomorrow is the eighty-fifth day."

"We can do that," the boy said. "But what about the eighty-seven of your great record?"

"It could not happen twice. Do you think you can find an eighty-five?"

"I can order one."

"One sheet. That's two dollars and a half. Who can

we borrow that from?"

"That's easy. I can always borrow two dollars and a half."

"I think perhaps I can too. But I try not to borrow. First you borrow. Then you beg."

"Keep warm old man," the boy said. "Remember we are in September."

"The month when the great fish come," the old man said. "Anyone can be a fisherman in May."

"I go now for the sardines," the boy said.

When the boy came back the old man was asleep in the chair and the sun was down. The boy took the old army blanket off the bed and spread it over the back of the chair and over the old man's shoulders. They were strange shoulders, still powerful although very old, and the neck was still strong too and the creases did not show so much when the old man was asleep and his head fallen forward. His shirt had been patched so many times that it was like the sail and the patches were faded to many different shades by the sun. The old man's head was very old though and with his eyes closed there was no life in his face. The newspaper lay across his knees and the weight of his arm held it there in the evening breeze. He was barefooted.

The boy left him there and when he came back the old man was still asleep.

"Wake up old man," the boy said and put his hand on one of the old man's knees.

The old man opened his eyes and for a moment he was coming back from a long way away. Then he smiled.

"What have you got?" he asked.

"Supper," said the boy. "We're going to have supper."

"I'm not very hungry."

"Come on and eat. You can't fish and not eat."

"I have," the old man said getting up and taking the newspaper and folding it. Then he started to fold the blanket.

"Keep the blanket around you," the boy said. "You'll not fish without eating while I'm alive."

"Then live a long time and take care of yourself," the old man said. "What are we eating?"

"Black beans and rice, fried bananas, and some stew."

The boy had brought them in a two-decker metal container from the Terrace. The two sets of knives and forks and spoons were in his pocket with a paper napkin wrapped around each set.

"Who gave this to you?"

"Martin. The owner."

"I must thank him."

"I thanked him already," the boy said. "You don't need to thank him."

"I'll give him the belly meat of a big fish," the old man said. "Has he done this for us more than once?"

"I think so."

"I must give him something more than the belly meat then. He is very thoughtful for us."

"He sent two beers."

"I like the beer in cans best."

"I know. But this is in bottles, Hatuey beer, and I take back the bottles."

"That's very kind of you," the old man said. "Should we eat?"

"I've been asking you to," the boy told him gently. "I have not wished to open the container until you were ready."

"I'm ready now," the old man said. "I only needed time to wash."

Where did you wash? the boy thought. The village water supply was two streets down the road. I must have water here for him, the boy thought, and soap and a good towel. Why am I so thoughtless? I must get him another shirt and a jacket for the winter and some sort of shoes and another blanket.

"Your stew is excellent," the old man said.

"Tell me about the baseball," the boy asked him.

"In the American League it is the Yankees as I said," the old man said happily.

"They lost today," the boy told him.

"That means nothing. The great DiMaggio is himself again."

"They have other men on the team."

"Naturally. But he makes the difference. In the other league, between Brooklyn and Philadelphia I must take Brooklyn. But then I think of Dick Sisler and those great drives in the old park."

"There was nothing ever like them. He hits the longest ball I have ever seen."

"Do you remember when he used to come to the Terrace? I wanted to take him fishing but I was too timid to ask him. Then I asked you to ask him and you were too timid."

"I know. It was a great mistake. He might have gone with us. Then we would have that for all of our lives."

"I would like to take the great DiMaggio fishing,"

the old man said. "They say his father was a fisherman. Maybe he was as poor as we are and would understand."

"The great Sisler's father was never poor and he, the father, was playing in the Big Leagues when he was my age."

"When I was your age I was before the mast on a square rigged ship that ran to Africa and I have seen lions on the beaches in the evening."

"I know. You told me."

"Should we talk about Africa or about baseball?"

"Baseball I think," the boy said. "Tell me about the great John J. McGraw." He said *Jota* for J.

"He used to come to the Terrace sometimes too in the older days. But he was rough and harsh-spoken and difficult when he was drinking. His mind was on horses as well as baseball. At least he carried lists of horses at all times in his pocket and frequently spoke the names of horses on the telephone."

"He was a great manager," the boy said. "My father thinks he was the greatest."

"Because he came here the most times," the old man said. "If Durocher had continued to come here each year your father would think him the greatest manager."

"Who is the greatest manager, really, Luque or Mike Gonzalez?"

"I think they are equal."

"And the best fisherman is you."

"No. I know others better."

"*Qué va*," the boy said. "There are many good fishermen and some great ones. But there is only you."

"Thank you. You make me happy. I hope no fish will come along so great that he will prove us wrong."

"There is no such fish if you are still strong as you say."

"I may not be as strong as I think," the old man said. "But I know many tricks and I have resolution."

"You ought to go to bed now so that you will be fresh in the morning. I will take the things back to the Terrace."

"Good night then. I will wake you in the morning."

"You're my alarm clock," the boy said.

"Age is my alarm clock," the old man said. "Why do old men wake so early? Is it to have one longer day?"

"I don't know," the boy said. "All I know is that young boys sleep late and hard."

"I can remember it," the old man said. "I'll waken you in time."

"I do not like for him to waken me. It is as though I were inferior."

"I know."

"Sleep well old man."

The boy went out. They had eaten with no light on the table and the old man took off his trousers and went to bed in the dark. He rolled his trousers up to make a pillow, putting the newspaper inside them. He rolled himself in the blanket and slept on the other old newspapers that covered the springs of the bed.

He was asleep in a short time and he dreamed of Africa when he was a boy and the long golden beaches and the white beaches, so white they hurt your eyes, and the high capes and the great brown mountains. He lived along that coast now every night and in his dreams he heard the surf roar and saw the native boats come riding through it. He smelled the tar and oakum of the deck as he slept and he smelled the smell of Africa that the land breeze brought at morning.

Usually when he smelled the land breeze he woke up and dressed to go and wake the boy. But tonight the smell of the land breeze came very early and he knew it was too early in his dream and went on dreaming to see the white peaks of the Islands rising from the sea and then he dreamed of the different harbours and roadsteads of the Canary Islands.

He no longer dreamed of storms, nor of women, nor of great occurrences, nor of great fish, nor fights, nor contests of strength, nor of his wife. He only dreamed of places now and of the lions on the beach. They played like young cats in the dusk and he loved them as he loved the boy. He never dreamed about the boy. He simply woke, looked out the open door at the moon and unrolled his trousers and put them on. He urinated outside the shack and then went up the road to wake the boy. He was shivering with the morning cold. But he knew he would shiver himself warm and that soon he would be rowing.

The door of the house where the boy lived was unlocked and he opened it and walked in quietly with his bare feet. The boy was asleep on a cot in the first room and the old man could see him clearly with the light that came in from the dying moon. He took hold of one foot gently and held it until the boy woke and turned and looked at him. The old man nodded and the boy took his trousers from the chair by the bed and, sitting on the bed, pulled them on.

The old man went out the door and the boy came

after him. He was sleepy and the old man put his arm across his shoulders and said, "I am sorry."

"*Qué va*," the boy said. "It is what a man must do."

They walked down the road to the old man's shack and all along the road, in the dark, barefoot men were moving, carrying the masts of their boats.

When they reached the old man's shack the boy took the rolls of line in the basket and the harpoon and gaff and the old man carried the mast with the furled sail on his shoulder.

"Do you want coffee?" the boy asked.

"We'll put the gear in the boat and then get some."

They had coffee from condensed milk cans at an early morning place that served fishermen.

"How did you sleep old man?" the boy asked. He was waking up now although it was still hard for him to leave his sleep.

"Very well, Manolin," the old man said. "I feel confident today."

"So do I," the boy said. "Now I must get your sardines and mine and your fresh baits. He brings our gear himself. He never wants anyone to carry anything."

"We're different," the old man said. "I let you carry things when you were five years old."

"I know it," the boy said. "I'll be right back. Have another coffee. We have credit here."

He walked off, barefooted on the coral rocks, to the ice house where the baits were stored.

The old man drank his coffee slowly. It was all he would have all day and he knew that he should take it. For a long time now eating had bored him and he never carried a lunch. He had a bottle of water in the bow of the skiff and that was all he needed for the day.

The boy was back now with the sardines and the two baits wrapped in a newspaper and they went down the trail to the skiff, feeling the pebbled sand under their feet, and lifted the skiff and slid her into the water.

"Good luck old man."

"Good luck," the old man said. He fitted the rope lashings of the oars onto the thole pins and, leaning forward against the thrust of the blades in the water, he began to row out of the harbour in the dark. There were other boats from the other beaches going out to sea and the old man heard the dip and push of their oars even though he could not see them now the moon was below the hills.

Sometimes someone would speak in a boat. But most of the boats were silent except for the dip of the oars.

They spread apart after they were out of the mouth of the harbour and each one headed for the part of the ocean where he hoped to find fish. The old man knew he was going far out and he left the smell of the land behind and rowed out into the clean early morning smell of the ocean. He saw the phosphorescence of the Gulf weed in the water as he rowed over the part of the ocean that the fishermen called the great well because there was a sudden deep of seven hundred fathoms where all sorts of fish congregated because of the swirl the current made against the steep walls of the floor of the ocean. Here there were concentrations of shrimp and bait fish and sometimes schools of squid in the deepest holes and these rose close to the surface at night where all the wandering fish fed on them.

In the dark the old man could feel the morning coming and as he rowed he heard the trembling sound as flying fish left the water and the hissing that their stiff set wings made as they soared away in the darkness. He was very fond of flying fish as they were his principal friends on the ocean. He was sorry for the birds, especially the small delicate dark terns that were always flying and looking and almost never finding, and he thought, the birds have a harder life than we do except for the robber birds and the heavy strong ones. Why did they make birds so delicate and fine as those sea swallows when the ocean can be so cruel? She is kind and very beautiful. But she can be so cruel and it comes so suddenly and such birds that fly, dipping and hunting, with their small sad voices are made too delicately for the sea.

He always thought of the sea as *la mar* which is what people call her in Spanish when they love her. Sometimes those who love her say bad things of her but they are always said as though she were a woman. Some of the younger fishermen, those who used buoys as floats for their lines and had motorboats, bought when the shark livers had brought much money, spoke of her as *el mar* which is masculine. They spoke of her as a contestant or a place or even an enemy. But the old man always thought of her as feminine and as something that gave or withheld great favours, and if she did wild or wicked things it was because she could not help them. The moon affects her as it does a woman, he thought.

He was rowing steadily and it was no effort for him since he kept well within his speed and the surface of the ocean was flat except for the occasional swirls of the current. He was letting the current do a third of the work and as it started to be light he saw he was already further out than he had hoped to be at this hour.

I worked the deep wells for a week and did nothing, he thought. Today I'll work out where the schools of bonito and albacore are and maybe there will be a big one with them.

Before it was really light he had his baits out and was drifting with the current. One bait was down forty fathoms. The second was at seventy-five and the third and fourth were down in the blue water at one hundred and one hundred and twenty-five fathoms. Each bait hung head down with the shank of the hook inside the bait fish, tied and sewed solid and all the projecting part of the hook, the curve and the point, was covered with fresh sardines. Each sardine was hooked through both eyes so that they made a half-garland on the projecting steel. There was no part of the hook that a great fish could feel which was not sweet smelling and good tasting.

The boy had given him two fresh small tunas, or albacores, which hung on the two deepest lines like plummets and, on the others, he had a big blue runner and a yellow jack that had been used before; but they were in good condition still and had the excellent sardines to give them scent and attractiveness. Each line, as thick around as a big pencil, was looped onto a green-sapped stick so that any pull or touch on the bait would make the stick dip and each line had two forty-fathom coils which could be made fast to the other spare coils so that, if it were necessary, a fish could take out over three hundred fathoms of line.

Now the man watched the dip of the three sticks over the side of the skiff and rowed gently to keep the lines straight up and down and at their proper depths. It was quite light and any moment now the sun would rise.

The sun rose thinly from the sea and the old man could see the other boats, low on the water and well in toward the shore, spread out across the current. Then the sun was brighter and the glare came on the water and then, as it rose clear, the flat sea sent it back at his eyes so that it hurt sharply and he rowed without looking into it. He looked down into the water and watched the lines that went straight down into the dark of the water. He kept them straighter than anyone did, so that at each level in the darkness of the stream there would be bait waiting exactly where he wished it to be for any fish that swam there. Others let them drift with the current and sometimes they were at sixty fathoms when the fishermen thought they were at a hundred.

But, he thought, I keep them with precision. Only I have no luck any more. But who knows? Maybe today. Every day is a new day. It is better to be lucky. But I would rather be exact. Then when luck comes you are ready.

The sun was two hours higher now and it did not hurt his eyes so much to look into the east. There were only three boats in sight now and they showed very low and far inshore.

All my life the early sun has hurt my eyes, he thought. Yet they are still good. In the evening I can look straight into it without getting the blackness. It has more force in the evening too. But in the morning it is painful.

Just then he saw a man-of-war bird with his long black wings circling in the sky ahead of him. He made a quick drop, slanting down on his back-swept wings, and then circled again.

"He's got something," the old man said aloud. "He's not just looking."

He rowed slowly and steadily toward where the bird was circling. He did not hurry and he kept his lines straight up and down. But he crowded the current a little so that he was still fishing correctly though faster than he would have fished if he was not trying to use the bird.

The bird went higher in the air and circled again, his wings motionless. Then he dove suddenly and the old man saw flying fish spurt out of the water and sail desperately over the surface.

"Dolphin," the old man said aloud. "Big dolphin."

He shipped his oars and brought a small line from under the bow. It had a wire leader and a medium-sized hook and he baited it with one of the sardines. He let it go over the side and then made it fast to a ring bolt in the stern. Then he baited another line and left it coiled in the shade of the bow. He went back to rowing and to watching the long-winged black bird who was working, now, low over the water.

As he watched the bird dipped again slanting his wings for the dive and then swinging them wildly and ineffectually as he followed the flying fish. The old man could see the slight bulge in the water that the big dolphin raised as they followed the escaping fish. The dolphin were cutting through the water below the flight of the fish and would be in the water, driving at speed, when the fish dropped. It is a big school of dolphin, he thought. They are widespread and the flying fish have little chance. The bird has no chance. The flying fish are too big for him and they go too fast.

He watched the flying fish burst out again and again and the ineffectual movements of the bird. That school has gotten away from me, he thought. They are moving out too fast and too far. But perhaps I will pick up a stray and perhaps my big fish is around them. My big fish must be somewhere.

The clouds over the land now rose like mountains and the coast was only a long green line with the gray blue hills behind it. The water was a dark blue now, so dark that it was almost purple. As he looked down into it he saw the red sifting of the plankton in the dark water and the strange light the sun made now. He watched his lines to see them go straight down out of sight into the water and he was happy to see so much plankton because it meant fish. The strange light the sun made in the water, now that the sun was higher, meant good weather and so did the shape of the clouds over the land. But the bird was almost out of sight now and nothing showed on the surface of the water but some patches of yellow, sun-bleached Sargasso weed and the purple, formalized, iridescent gelatinous bladder of a

Portuguese man-of-war floating close beside the boat. It turned on its side and then righted itself. It floated cheerfully as a bubble with its long deadly purple filaments trailing a yard behind it in the water.

"*Agua mala*," the man said. "You whore."

From where he swung lightly against his oars he looked down into the water and saw the tiny fish that were coloured like the trailing filaments and swam between them and under the small shade the bubble made as it drifted. They were immune to its poison. But men were not and when some of the filaments would catch on a line and rest there slimy and purple while the old man was working a fish, he would have welts and sores on his arms and hands of the sort that poison ivy or poison oak can give. But these poisonings from the *agua mala* came quickly and struck like a whiplash.

The iridescent bubbles were beautiful. But they were the falsest thing in the sea and the old man loved to see the big sea turtles eating them. The turtles saw them, approached them from the front, then shut their eyes so they were completely carapaced and ate them filaments and all. The old man loved to see the turtles eat them and he loved to walk on them on the beach after a storm and hear them pop when he stepped on them with the horny soles of his feet.

He loved green turtles and hawk-bills with their elegance and speed and their great value and he had a friendly contempt for the huge, stupid loggerheads, yellow in their armour-plating, strange in their love-making, and happily eating the Portuguese men-of-war with their eyes shut.

He had no mysticism about turtles although he had gone in turtle boats for many years. He was sorry for them all, even the great trunk backs that were as long as the skiff and weighed a ton. Most people are heartless about turtles because a turtle's heart will beat for hours after he has been cut up and butchered. But the old man thought, I have such a heart too and my feet and hands are like theirs. He ate the white eggs to give himself strength. He ate them all through May to be strong in September and October for the truly big fish.

He also drank a cup of shark liver oil each day from the big drum in the shack where many of the fishermen kept their gear. It was there for all fishermen who wanted it. Most fishermen hated the taste. But it was no worse than getting up at the hours that they rose and it was very good against all colds and grippes and it was good for the eyes.

Now the old man looked up and saw that the bird was circling again.

"He's found fish," he said aloud. No flying fish broke the surface and there was no scattering of bait fish. But as the old man watched, a small tuna rose in the air, turned and dropped head first into the water. The tuna shone silver in the sun and after he had dropped back into the water another and another rose and they were jumping in all directions, churning the water and leaping in long jumps after the bait. They were circling it and driving it.

If they don't travel too fast I will get into them, the old man thought, and he watched the school working the water white and the bird now dropping and dipping into the bait fish that were forced to the surface in their panic.

"The bird is a great help," the old man said. Just then the stern line came taut under his foot, where he had kept a loop of the line, and he dropped his oars and felt tile weight of the small tuna's shivering pull as he held the line firm and commenced to haul it in. The shivering increased as he pulled in and he could see the blue back of the fish in the water and the gold of his sides before he swung him over the side and into the boat. He lay in the stern in the sun, compact and bullet shaped, his big, unintelligent eyes staring as he thumped his life out against the planking of the boat with the quick shivering strokes of his neat, fast-moving tail. The old man hit him on the head for kindness and kicked him, his body still shuddering, under the shade of the stern.

"Albacore," he said aloud. "He'll make a beautiful bait. He'll weigh ten pounds."

He did not remember when he had first started to talk aloud when he was by himself. He had sung when he was by himself in the old days and he had sung at night sometimes when he was alone steering on his watch in the smacks or in the turtle boats. He had probably started to talk aloud, when alone, when the boy had left. But he did not remember. When he and the boy fished together they usually spoke only when it was necessary. They talked at night or when they were storm-bound by bad weather. It was considered a virtue not to talk unnecessarily at sea and the old man had always considered it so and respected it. But now he said his thoughts aloud many times since there was no one that they could annoy.

"If the others heard me talking out loud they would think that I am crazy," he said aloud. "But since I am not crazy, I do not care. And the rich have radios to talk to them in their boats and to bring them the baseball."

Now is no time to think of baseball, he thought. Now is the time to think of only one thing. That which I was born for. There might be a big one around that school, he thought. I picked up only a straggler from the albacore that were feeding. But they are working far out and fast. Everything that shows on the surface today travels very fast and to the north-east. Can that be the time of day? Or is it some sign of weather that I do not know?

He could not see the green of the shore now but only the tops of the blue hills that showed white as though they were snow-capped and the clouds that looked like high snow mountains above them. The sea was very dark and the light made prisms in the water. The myriad flecks of the plankton were annulled now by the high sun and it was only the great deep prisms in the blue water that the old man saw now with his lines going straight down into the water that was a mile deep.

The tuna, the fishermen called all the fish of that species tuna and only distinguished among them by their proper names when they came to sell them or to trade them for baits, were down again. The sun was hot now and the old man felt it on the back of his neck and felt the sweat trickle down his back as he rowed.

I could just drift, he thought, and sleep and put a bight of line around my toe to wake me. But today is eighty-five days and I should fish the day well.

Just then, watching his lines, he saw one of the projecting green sticks dip sharply.

"Yes," he said. "Yes," and shipped his oars without bumping the boat. He reached out for the line and held it softly between the thumb and forefinger of his right hand. He felt no strain nor weight and he held the line lightly. Then it came again. This time it was a tentative pull, not solid nor heavy, and he knew exactly what it was. One hundred fathoms down a marlin was eating the sardines that covered the point and the shank of the hook where the hand-forged hook projected from the head of the small tuna.

The old man held the line delicately, and softly, with his left hand, unleashed it from the stick. Now he could let it run through his fingers without the fish feeling any tension.

This far out, he must be huge in this month, he thought. Eat them, fish. Eat them. Please eat them. How fresh they are and you down there six hundred feet in that cold water in the dark. Make another turn in the dark and come back and eat them.

He felt the light delicate pulling and then a harder pull when a sardine's head must have been more difficult to break from the hook. Then there was nothing.

"Come on," the old man said aloud. "Make another turn. Just smell them. Aren't they lovely? Eat them good now and then there is the tuna. Hard and cold and lovely. Don't be shy, fish. Eat them."

He waited with the line between his thumb and his finger, watching it and the other lines at the same time for the fish might have swum up or down. Then came the same delicate pulling touch again.

"He'll take it," the old man said aloud. "God help him to take it."

He did not take it though. He was gone and the old man felt nothing.

"He can't have gone," he said. "Christ knows he can't have gone. He's making a turn. Maybe he has been hooked before and he remembers something of it."

Then he felt the gentle touch on the line and he was happy.

"It was only his turn," he said. "He'll take it."

He was happy feeling the gentle pulling and then he felt something hard and unbelievably heavy. It was the weight of the fish and he let the line slip down, down, down, unrolling off the first of the two reserve coils. As it went down, slipping lightly through the old man's fingers, he still could feel the great weight, though the pressure of his thumb and finger were almost imperceptible.

"What a fish," he said. "He has moving it sideways in his mouth now and he is moving off with it."

Then he will turn and swallow it, he thought. He did not say that because he knew that if you said a good thing it might not happen. He knew what a huge fish this was and he thought of him moving away in the darkness with the tuna held crosswise in his mouth. At that moment he felt him stop moving but the weight was still there. Then the weight increased and he gave more line. He tightened the pressure of his thumb and finger for a moment and the weight increased and was going straight down.

"He's taken it," he said. "Now I'll let him eat it well."

He let the line slip through his fingers while he reached down with his left hand and made fast the free end of the two reserve coils to the loop of the two reserve coils of the next line. Now he was ready. He had three forty-fathom coils of line in reserve now, as well as the coil he was using.

"Eat it a little more," he said. "Eat it well."

Eat it so that the point of the hook goes into your heart and kills you, he thought. Come up easy and let me put the harpoon into you. All right. Are you ready? Have you been long enough at table?

"Now!" he said aloud and struck hard with both hands, gained a yard of line and then struck again and again, swinging with each arm alternately on the cord with all the strength of his arms and the pivoted weight of his body.

Nothing happened. The fish just moved away slowly and the old man could not raise him an inch. His line was strong and made for heavy fish and he held it against his back until it was so taut that beads of water were jumping from it. Then it began to make a slow hissing sound in the water and he still held it, bracing himself against the thwart and leaning back against the pull. The boat began to move slowly off toward the north-west.

The fish moved steadily and they travelled slowly on the calm water. The other baits were still in the water but there was nothing to be done.

"I wish I had the boy," the old man said aloud. "I'm being towed by a fish and I'm being towed by a fish and I'm the towing bitt. I could make the line fast. But then he could break it. I must hold him all I can and give him line when he must have it. Thank God he is travelling and not going down."

What I will do if he decides to go down, I don't know. What I'll do if he sounds and dies I don't know. But I'll do something. There are plenty of things I can do.

He held the line against his back and watched its slant in the water and the skiff moving steadily to the north-west.

This will kill him, the old man thought. He can't do this forever. But four hours later the fish was still swimming steadily out to sea, towing the skiff, and the old man was still braced solidly with the line across his back.

"It was noon when I hooked him," he said. "And I have never seen him."

He had pushed his straw hat hard down on his head before he hooked the fish and it was cutting his forehead. He was thirsty too and he got down on his knees and, being careful not to jerk on the line, moved as far into the bow as he could get and reached the water bottle with one hand. He opened it and drank a little. Then he rested against the bow. He rested sitting on the un-stepped mast and sail and tried not to think but only to endure.

Then he looked behind him and saw that no land was visible. That makes no difference, he thought. I can always come in on the glow from Havana. There are two more hours before the sun sets and maybe he will come up before that. If he doesn't maybe he will come up with the moon. If he does not do that maybe he will come up with the sunrise. I have no cramps and I feel strong. It is he that has the hook in his mouth. But what a fish to pull like that. He must have his mouth shut tight on the wire. I wish I could see him. I wish I could see him only once to know what I have against me.

The fish never changed his course nor his direction all that night as far as the man could tell from watching the stars. It was cold after the sun went down and the old man's sweat dried cold on his back and his arms and his old legs. During the day he had taken the sack that covered the bait box and spread it in the sun to dry. After the sun went down he tied it around his neck so that it hung down over his back and he cautiously worked it down under the line that was across his shoulders now. The sack cushioned the line and he had found a way of leaning forward against the bow so that he was almost comfortable. The position actually was only somewhat less intolerable; but he thought of it as almost comfortable.

I can do nothing with him and he can do nothing with me, he thought. Not as long as he keeps this up.

Once he stood up and urinated over the side of the skiff and looked at the stars and checked his course. The line showed like a phosphorescent streak in the water straight out from his shoulders. They were moving more slowly now and the glow of Havana was not so strong, so that he knew the current must be carrying them to the eastward. If I lose the glare of Havana we must be going more to the eastward, he thought. For if the fish's course held true I must see it for many more hours. I wonder how the baseball came out in the grand leagues today, he thought. It would be wonderful to do this with a radio. Then he thought, think of it always. Think of what you are doing. You must do nothing stupid.

Then he said aloud, "I wish I had the boy. To help me

and to see this."

No one should be alone in their old age, he thought. But it is unavoidable. I must remember to eat the tuna before he spoils in order to keep strong. Remember, no matter how little you want to, that you must eat him in the morning. Remember, he said to himself.

During the night two porpoises came around the boat and he could hear them rolling and blowing. He could tell the difference between the blowing noise the male made and the sighing blow of the female.

"They are good," he said. "They play and make jokes and love one another. They are our brothers like the flying fish."

Then he began to pity the great fish that he had hooked. He is wonderful and strange and who knows how old he is, he thought. Never have I had such a strong fish nor one who acted so strangely. Perhaps he is too wise to jump. He could ruin me by jumping or by a wild rush. But perhaps he has been hooked many times before and he knows that this is how he should make his fight. He cannot know that it is only one man against him, nor that it is an old man. But what a great fish he is and what will he bring in the market if the flesh is good. He took the bait like a male and he pulls like a male and his fight has no panic in it. I wonder if he has any plans or if he is just as desperate as I am?

He remembered the time he had hooked one of a pair of marlin. The male fish always let the female fish feed first and the hooked fish, the female, made a wild, panic-stricken, despairing fight that soon exhausted her, and all the time the male had stayed with her, crossing the line and circling with her on the surface. He had stayed so close that the old man was afraid he would cut the line with his tail which was sharp as a scythe and almost of that size and shape. When the old man had gaffed her and dubbed her, holding the rapier bill with its sandpaper edge and clubbing her across the top of her head until her colour turned to a colour almost like the backing of mirrors, and then, with the boy's aid, hoisted her aboard, the male fish had stayed by the side of the boat. Then, while the old man was clearing the lines and preparing the harpoon, the male fish jumped high into the air beside the boat to see where the female was and then went down deep, his lavender wings, that were his pectoral fins, spread wide and all his wide lavender stripes showing. He was beautiful, the old man remembered, and he had stayed.

That was the saddest thing I ever saw with them, the

old man thought. The boy was sad too and we begged her pardon and butchered her promptly.

"I wish the boy was here," he said aloud and settled himself against the rounded planks of the bow and felt the strength of the great fish through the line he held across his shoulders moving steadily toward whatever he had chosen.

When once, through my treachery, it had been necessary to him to make a choice, the old man thought.

His choice had been to stay in the deep dark water far out beyond all snares and traps and treacheries. My choice was to go there to find him beyond all people. Beyond all people in the world. Now we are joined together and have been since noon. And no one to help either one of us.

Perhaps I should not have been a fisherman, he thought. But that was the thing that I was born for. I must surely remember to eat the tuna after it gets light.

Some time before daylight something took one of the baits that were behind him. He heard the stick break and the line begin to rush out over the gunwale of the skiff. In the darkness he loosened his sheath knife and taking all the strain of the fish on his left shoulder he leaned back and cut the line against the wood of the gunwale. Then he cut the other line closest to him and in the dark made the loose ends of the reserve coils fast. He worked skillfully with the one hand and put his foot on the coils to hold them as he drew his knots tight. Now he had six reserve coils of line. There were two from each bait he had severed and the two from the bait the fish had taken and they were all connected.

After it is light, he thought, I will work back to the forty-fathom bait and cut it away too and link up the reserve coils. I will have lost two hundred fathoms of good Catalan *cardel* and the hooks and leaders. That can be replaced. But who replaces this fish if I hook some fish and it cuts him off? I don't know what that fish was that took the bait just now. It could have been a marlin or a broadbill or a shark. I never felt him. I had to get rid of him too fast.

Aloud he said, "I wish I had the boy."

But you haven't got the boy, he thought. You have only yourself and you had better work back to the last line now, in the dark or not in the dark, and cut it away and hook up the two reserve coils.

So he did it. It was difficult in the dark and once the fish made a surge that pulled him down on his face and made a cut below his eye. The blood ran down his cheek a little way. But it coagulated and dried before it reached his chin and he worked his way back to the bow and rested against the wood. He adjusted the sack and carefully worked the line so that it came across a new part of his shoulders and, holding it anchored with his shoulders, he carefully felt the pull of the fish and then felt with his hand the progress of the skiff through the water.

I wonder what he made that lurch for, he thought. The wire must have slipped on the great hill of his back. Certainly his back cannot feel as badly as mine does. But he cannot pull this skiff forever, no matter how great he is. Now everything is cleared away that might make trouble and I have a big reserve of line; all that a man can ask.

"Fish," he said softly, aloud, "I'll stay with you until I am dead."

He'll stay with me too, I suppose, the old man thought and he waited for it to be light. It was cold now in the time before daylight and he pushed against the wood to be warm. I can do it as long as he can, he thought. And in the first light the line extended out and down into the water. The boat moved steadily and when the first edge of the sun rose it was on the old man's right shoulder.

"He's headed north," the old man said. The current will have set us far to the eastward, he thought. I wish he would turn with the current. That would show that he was tiring.

When the sun had risen further the old man realized that the fish was not tiring. There was only one favorable sign. The slant of the line showed he was swimming at a lesser depth. That did not necessarily mean that he would jump. But he might.

"God let him jump," the old man said. "I have enough line to handle him."

Maybe if I can increase the tension just a little it will hurt him and he will jump, he thought. Now that it is daylight let him jump so that he'll fill the sacks along his backbone with air and then he cannot go deep to die.

He tried to increase the tension, but the line had been taut up to the very edge of the breaking point since he had hooked the fish and he felt the harshness as he leaned back to pull and knew he could put no more strain on it. I must not jerk it ever, he thought. Each jerk widens the cut the hook makes and then when he does jump he might throw it. Anyway I feel better with the sun and for once I do not have to look into it.

There was yellow weed on the line but the old man knew that only made an added drag and he was pleased. It was the yellow Gulf weed that had made so much phosphorescence in the night.

"Fish," he said, "I love you and respect you very much. But I will kill you dead before this day ends."

Let us hope so, he thought.

A small bird came toward the skiff from the north. He was a warbler and flying very low over the water. The old man could see that he was very tired.

The bird made the stern of the boat and rested there. Then he flew around the old man's head and rested on the line where he was more comfortable.

"How old are you?" the old man asked the bird. "Is this your first trip?"

The bird looked at him when he spoke. He was too tired even to examine the line and he teetered on it as his delicate feet gripped it fast.

"It's steady," the old man told him. "It's too steady. You shouldn't be that tired after a windless night. What are birds coming to?"

The hawks, he thought, that come out to sea to meet them. But he said nothing of this to the bird who could not understand him anyway and who would learn about the hawks soon enough.

"Take a good rest, small bird," he said. "Then go in and take your chance like any man or bird or fish."

It encouraged him to talk because his back had stiffened in the night and it hurt truly now.

"Stay at my house if you like, bird," he said. "I am sorry I cannot hoist the sail and take you in with the small breeze that is rising. But I am with a friend."

Just then the fish gave a sudden lurch that pulled the old man down onto the bow and would have pulled him overboard if he had not braced himself and given some line.

The bird had flown up when the line jerked and the old man had not even seen him go. He felt the line carefully with his right hand and noticed his hand was bleeding.

"Something hurt him then," he said aloud and pulled back on the line to see if he could turn the fish. But when he was touching the breaking point he held steady and settled back against the strain of the line.

"You're feeling it now, fish," he said. "And so, God knows, am I."

He looked around for the bird now because he would have liked him for company. The bird was gone.

You did not stay long, the man thought. But it is rougher where you are going until you make the shore. How did I let the fish cut me with that one quick pull he made? I must be getting very stupid. Or perhaps I was looking at the small bird and thinking of him. Now I will pay attention to my work and then I must eat the tuna so that I will not have a failure of strength.

"I wish the boy were here and that I had some salt," he said aloud.

Shifting the weight of the line to his left shoulder and kneeling carefully he washed his hand in the ocean and held it there, submerged, for more than a minute watching the blood trail away and the steady movement of the water against his hand as the boat moved.

"He has slowed much," he said.

The old man would have liked to keep his hand in the salt water longer but he was afraid of another sudden lurch by the fish and he stood up and braced himself and held his hand up against the sun. It was only a line burn that had cut his flesh. But it was in the working part of his hand. He knew he would need his hands before this was over and he did not like to be cut before it started.

"Now," he said, when his hand had dried, "I must

eat the small tuna. I can reach him with the gaff and eat him here in comfort."

He knelt down and found the tuna under the stem with the gaff and drew it toward him keeping it clear of the coiled lines. Holding the line with his left shoulder again, and bracing on his left hand and arm, he took the tuna off the gaff hook and put the gaff back in place. He put one knee on the fish and cut strips of dark red meat longitudinally from the back of the head to the tail. They were wedge-shaped strips and he cut them from next to the back bone down to the edge of the belly. When he had cut six strips he spread them out on the wood of the bow, wiped his knife on his trousers, and lifted the carcass of the bonito by the tail and dropped it overboard.

"I don't think I can eat an entire one," he said and drew his knife across one of the strips. He could feel the steady hard pull of the line and his left hand was cramped. It drew up tight on the heavy cord and he looked at it in disgust.

"What kind of a hand is that," he said. "Cramp then if you want. Make yourself into a claw. It will do you no good."

Come on, he thought and looked down into the

dark water at the slant of the line. Eat it now and it will strengthen the hand. It is not the hand's fault and you have been many hours with the fish. But you can stay with him forever. Eat the bonito now.

He picked up a piece and put it in his mouth and chewed it slowly. It was not unpleasant.

Chew it well, he thought, and get all the juices. It would not be bad to eat with a little lime or with lemon or with salt.

"How do you feel, hand?" he asked the cramped hand that was almost as stiff as rigor mortis. "I'll eat some more for you."

He ate the other part of the piece that he had cut in two. He chewed it carefully and then spat out the skin.

"How does it go, hand? Or is it too early to know?"

He took another full piece and chewed it.

"It is a strong full-blooded fish," he thought. I was lucky to get him instead of dolphin. Dolphin is too sweet. This is hardly sweet at all and all the strength is still in it.

There is no sense in being anything but practical though, he thought. I wish I had some salt. And I do not know whether the sun will rot or dry what is left, so I had better eat it all although I am not hungry. The fish is calm and steady. I will eat it all and then I will be ready.

"Be patient, hand," he said. "I do this for you."

I wish I could feed the fish, he thought. He is my brother. But I must kill him and keep strong to do it. Slowly and conscientiously he ate all of the wedge-shaped strips of fish.

He straightened up, wiping his hand on his trousers.

"Now," he said. "You can let the cord go, hand, and I will handle him with the right arm alone until you stop that nonsense." He put his left foot on the heavy line that the left hand had held and lay back against the pull against his back.

"God help me to have the cramp go," he said. "Because I do not know what the fish is going to do."

But he seems calm, he thought, and following his plan. But what is his plan, he thought. And what is mine? Mine I must improvise to his because of his great size. If he will jump I can kill him. But he stays down forever. Then I will stay down with him forever.

He rubbed the cramped hand against his trousers and tried to gentle the fingers. But it would not open. Maybe it will open with the sun, he thought. Maybe it will open when the strong raw tuna is digested. If I have to have it, I will open it, cost whatever it costs. But I do not want to open it now by force. Let it open by itself and come back of its own accord. After all I abused it much in the night when it was necessary to free and untie the various lines.

He looked across the sea and knew how alone he was now. But he could see the prisms in the deep dark water and the line stretching ahead and the strange undulation of the calm. The clouds were building up now for the trade wind and he looked ahead and saw a flight of wild ducks etching themselves against the sky over the water, then blurring, then etching again and he knew no man was ever alone on the sea.

He thought of how some men feared being out of sight of land in a small boat and knew they were right in the months of sudden bad weather. But now they were in hurricane months and, when there are no hurricanes, the weather of hurricane months is the best of all the year.

If there is a hurricane you always see the signs of it in the sky for days ahead, if you are at sea. They do not see it ashore because they do not know what to look for, he thought. The land must make a difference too, in the shape of the clouds. But we have no hurricane coming now.

He looked at the sky and saw the white cumulus built like friendly piles of ice cream and high above were the thin feathers of the cirrus against the high September sky.

"Light *brisa*," he said. "Better weather for me than for you, fish."

His left hand was still cramped, but he was unknotting it slowly.

I hate a cramp, he thought. It is a treachery of one's own body. It is humiliating before others to have a diarrhoea from ptomaine poisoning or to vomit from it. But a cramp, he thought of it as a *calambre*, humiliates oneself especially when one is alone.

If the boy were here he could rub it for me and loosen it down from the forearm, he thought. But it will loosen up.

Then, with his right hand he felt the difference in the pull of the line before he saw the slant change in the water. Then, as he leaned against the line and slapped his left hand hard and fast against his thigh he saw the line slanting slowly upward.

"He's coming up," he said. "Come on, hand. Please come on."

The line rose slowly and steadily and then the surface

of the ocean bulged ahead of the boat and the fish came out. He came out unendingly and water poured from his sides. He was bright in the sun and his head and back were dark purple and in the sun the stripes on his sides showed wide and a light lavender. His sword was as long as a baseball bat and tapered like a rapier and he rose his full length from the water and then re-entered it, smoothly, like a diver and the old man saw the great scythe-blade of his tail go under and the line commenced to race out.

"He is two feet longer than the skiff," the old man said. The line was going out fast but steadily and the fish was not panicked. The old man was trying with both hands to keep the line just inside of breaking strength. He knew that if he could not slow the fish with a steady pressure the fish could take out all the line and break it.

He is a great fish and I must convince him, he thought. I must never let him learn his strength nor what he could do if he made his run. If I were him I would put in everything now and go until something broke. But, thank God, they are not as intelligent as we who kill them; although they are more noble and more able.

The old man had seen many great fish. He had seen many that weighed more than a thousand pounds and he had caught two of that size in his life, but never alone. Now alone, and out of sight of land, he was fast to the biggest fish that he had ever seen and bigger than he had ever heard of, and his left hand was still as tight as the gripped claws of an eagle.

It will uncramp though, he thought. Surely it will uncramp to help my right hand. There are three things that are brothers: the fish and my two hands. It must uncramp. It is unworthy of it to be cramped. The fish had slowed again and was going at his usual pace.

I wonder why he jumped, the old man thought. He jumped almost as though to show me how big he was. I know now, anyway, he thought. I wish I could show him what sort of man I am. But then he would see the cramped hand. Let him think I am more man than I am and I will be so. I wish I was the fish, he thought, with everything he has against only my will and my intelligence.

He settled comfortably against the wood and took his suffering as it came and the fish swam steadily and the boat moved slowly through the dark water. There was a small sea rising with the wind coming up from the east and at noon the old man's left hand was uncramped.

"Bad news for you, fish," he said and shifted the line over the sacks that covered his shoulders.

He was comfortable but suffering, although he did not admit the suffering at all.

"I am not religious," he said. "But I will say ten Our Fathers and ten Hail Marys that I should catch this fish, and I promise to make a pilgrimage to the Virgin of Cobre if I catch him. That is a promise."

He commenced to say his prayers mechanically. Sometimes he would be so tired that he could not remember the prayer and then he would say them fast so that they would come automatically. Hail Marys are easier to say than Our Fathers, he thought.

"Hail Mary full of Grace the Lord is with thee. Blessed art thou among women and blessed is the fruit of thy womb, Jesus. Holy Mary, Mother of God, pray for us sinners now and at the hour of our death. Amen." Then he added, "Blessed Virgin, pray for the death of this fish. Wonderful though he is."

With his prayers said, and feeling much better, but suffering exactly as much, and perhaps a little more, he leaned against the wood of the bow and began, mechanically, to work the fingers of his left hand.

The sun was hot now although the breeze was rising gently.

"I had better re-bait that little line out over the stern," he said. "If the fish decides to stay another night I will need to eat again and the water is low in the bottle. I don't think I can get anything but a dolphin here. But if I eat him fresh enough he won't be bad. I wish a flying fish would come on board tonight. But I have no light to attract them. A flying fish is excellent to eat raw and I would not have to cut him up. I must save all my strength now. Christ, I did not know he was so big."

"I'll kill him though," he said. "In all his greatness and his glory."

Although it is unjust, he thought. But I will show him what a man can do and what a man endures.

"I told the boy I was a strange old man," he said. "Now is when I must prove it."

The thousand times that he had proved it meant nothing. Now he was proving it again. Each time was a new time and he never thought about the past when he was doing it.

I wish he'd sleep and I could sleep and dream about the lions, he thought. Why are the lions the main thing that is left? Don't think, old man, he said to himself.

Rest gently now against the wood and think of nothing. He is working. Work as little as you can.

It was getting into the afternoon and the boat still moved slowly and steadily. But there was an added drag now from the easterly breeze and the old man rode gently with the small sea and the hurt of the cord across his back came to him easily and smoothly.

Once in the afternoon the line started to rise again. But the fish only continued to swim at a slightly higher level. The sun was on the old man's left arm and shoulder and on his back. So he knew the fish had turned east of north.

Now that he had seen him once, he could picture the fish swimming in the water with his purple pectoral fins set wide as wings and the great erect tail slicing through the dark. I wonder how much he sees at that depth, the old man thought. His eye is huge and a horse, with much less eye, can see in the dark. Once I could see quite well in the dark. Not in the absolute dark. But almost as a cat sees.

The sun and his steady movement of his fingers had uncramped his left hand now completely and he began to shift more of the strain to it and he shrugged the muscles of his back to shift the hurt of the cord a little.

"If you're not tired, fish," he said aloud, "you must be very strange."

He felt very tired now and he knew the night would come soon and he tried to think of other things. He thought of the Big Leagues, to him they were the *Gran Ligas*, and he knew that the Yankees of New York were playing the *Tigres* of Detroit.

This is the second day now that I do not know the result of the *juegos*, he thought. But I must have confidence and I must be worthy of the great DiMaggio who does all things perfectly even with the pain of the bone spur in his heel. What is a bone spur? He asked himself. *Un espuela de hueso*. We do not have them. Can it be as painful as the spur of a fighting cock in one's heel? I do not think I could endure that or the loss of the eye and of both eyes and continue to fight as the fighting cocks do. Man is not much beside the great birds and beasts. Still I would rather be that beast down there in the darkness of the sea.

"Unless sharks come," he said aloud. "If sharks come, God pity him and me."

Do you believe the great DiMaggio would stay with a fish as long as I will stay with this one? he thought. I am sure he would and more since he is young and strong.

Also his father was a fisherman. But would the bone spur hurt him too much?

"I do not know," he said aloud. "I never had a bone spur."

As the sun set he remembered, to give himself more confidence, the time in the tavern at Casablanca when he had played the hand game with the great negro from Cienfuegos who was the strongest man on the docks. They had gone one day and one night with their elbows on a chalk line on the table and their forearms straight up and their hands gripped tight. Each one was trying to force the other's hand down onto the table. There was much betting and people went in and out of the room under the kerosene lights and he had looked at the arm and hand of the negro and at the negro's face. They changed the referees every four hours after the first eight so that the referees could sleep. Blood came out from under the fingernails of both his and the negro's hands and they looked each other in the eye and at their hands and forearms and the bettors went in and out of the room and sat on high chairs against the wall and watched. The walls were painted bright blue and were of wood and the lamps threw their shadows against them. The negro's shadow was huge and it moved on the wall as the breeze moved the lamps.

The odds would change back and forth all night and they fed the negro rum and lighted cigarettes for him. Then the negro, after the rum, would try for a tremendous effort and once he had the old man, who was not an old man then but was Santiago *El Campeón*, nearly three inches off balance. But the old man had raised his hand up to dead even again. He was sure then that he had the negro, who was a fine man and a great athlete, beaten. And at daylight when the bettors were asking that it be called a draw and the referee was shaking his head, he had unleashed his effort and forced the hand of the negro down and down until it rested on the wood. The match had started on a Sunday morning and ended on a Monday morning. Many of the bettors had asked for a draw because they had to go to work on the docks loading sacks of sugar or at the Havana Coal Company. Otherwise everyone would have wanted it to go to a finish. But he had finished it anyway and before anyone had to go to work.

For a long time after that everyone had called him The Champion and there had been a return match in the spring. But not much money was bet and he had won it quite easily since he had broken the confidence of the negro from Cienfuegos in the first match. After that he had a few matches and then no more. He decided that he could beat anyone if he wanted to badly enough and he decided that it was bad for his right hand for fishing. He had tried a few practice matches with his left hand. But his left hand had always been a traitor and would not do what he called on it to do and he did not trust it.

The sun will bake it out well now, he thought. It should not cramp on me again unless it gets too cold in the night. I wonder what this night will bring.

An airplane passed overhead on its course to Miami and he watched its shadow scaring up the schools of flying fish.

"With so much flying fish there should be dolphin," he said, and leaned back on the line to see if it was possible to gain any on his fish. But he could not and it stayed at the hardness and water-drop shivering that preceded breaking. The boat moved ahead slowly and he watched the airplane until he could no longer see it.

It must be very strange in an airplane, he thought. I wonder what the sea looks like from that height? They should be able to see the fish well if they do not fly too high. I would like to fly very slowly at two hundred fathoms high and see the fish from above. In the turtle boats I was in the cross-trees of the mast-head and even at that height I saw much. The dolphin look greener from there and you can see their stripes and their purple spots and you can see all of the school as they swim. Why is it that all the fast-moving fish of the dark current have purple backs and usually purple stripes or spots? The dolphin looks green of course because he is really golden. But when he comes to feed, truly hungry, purple stripes show on his sides as on a marlin. Can it be anger, or the greater speed he makes that brings them out?

Just before it was dark, as they passed a great island of Sargasso weed that heaved and swung in the light sea as though the ocean were making love with something under a yellow blanket, his small line was taken by a dolphin. He saw it first when it jumped in the air, true gold in the last of the sun and bending and flapping wildly in the air. It jumped again and again in the acrobatics of its fear and he worked his way back to the stern and crouching and holding the big line with his right hand and arm, he pulled the dolphin in with his left hand, stepping on the gained line each time with his bare left foot. When the fish was at the stem, plunging and cutting from side to side in desperation, the old man leaned over the stern and lifted the burnished gold fish with its purple spots over the stem. Its jaws were working convulsively in quick bites against the hook and it pounded the bottom of the skiff with its long flat body, its tail and its head until he clubbed it across the shining golden head until it shivered and was still.

The old man unhooked the fish, re-baited the line with another sardine and tossed it over. Then he worked his way slowly back to the bow. He washed his left hand and wiped it on his trousers. Then he shifted the heavy line from his right hand to his left and washed his right hand in the sea while he watched the sun go into the ocean and the slant of the big cord.

"He hasn't changed at all," he said. But watching the movement of the water against his hand he noted that it was perceptibly slower.

"I'll lash the two oars together across the stern and that will slow him in the night," he said, "He's good for the night and so am I."

It would be better to gut the dolphin a little later to save the blood in the meat, he thought. I can do that a little later and lash the oars to make a drag at the same time. I had better keep the fish quiet now and not disturb him too much at sunset. The setting of the sun is a difficult time for all fish.

He let his hand dry in the air then grasped the line with it and eased himself as much as he could and allowed himself to be pulled forward against the wood so that the boat took the strain as much, or more, than he did.

I'm learning how to do it, he thought. This part of it anyway. Then too, remember he hasn't eaten since he took the bait and he is huge and needs much food. I have eaten the whole bonito. Tomorrow I will eat the dolphin. He called it *dorado*. Perhaps I should eat some of it when I clean it. It will be harder to eat than the bonito. But, then, nothing is easy.

"How do you feel, fish?" he asked aloud. "I feel good and my left hand is better and I have food for a night and a day. Pull the boat, fish."

He did not truly feel good because the pain from the cord across his back had almost passed pain and gone into a dullness that he mistrusted. But I have had worse things than that, he thought. My hand is only cut a little and the cramp is gone from the other. My legs are all right. Also now I have gained on him in the question of sustenance.

It was dark now as it becomes dark quickly after the

sun sets in September. He lay against the worn wood of the bow and rested all that he could. The first stars were out. He did not know the name of Rigel but he saw it and knew soon they would all be out and he would have all his distant friends.

"The fish is my friend too," he said aloud. "I have never seen or heard of such a fish. But I must kill him. I am glad we do not have to try to kill the stars."

Imagine if each day a man must try to kill the moon, he thought. The moon runs away. But imagine if a man each day should have to try to kill the sun? We were born lucky, he thought.

Then he was sorry for the great fish that had nothing to eat and his determination to kill him never relaxed in his sorrow for him. How many people will he feed, he thought. But are they worthy to eat him? No, of course not. There is no one worthy of eating him from the manner of his behaviour and his great dignity.

I do not understand these things, he thought. But it is good that we do not have to try to kill the sun or the moon or the stars. It is enough to live on the sea and kill our true brothers.

Now, he thought, I must think about the drag. It has its perils and its merits. I may lose so much line that I will lose him, if he makes his effort and the drag made by the oars is in place and the boat loses all her lightness. Her lightness prolongs both our suffering but it is my safety since he has great speed that he has never yet employed. No matter what passes I must gut the dolphin so he does not spoil and eat some of him to be strong.

Now I will rest an hour more and feel that he is solid and steady before I move back to the stern to do the work and make the decision. In the meantime I can see how he acts and if he shows any changes. The oars are a good trick; but it has reached the time to play for safety. He is much fish still and I saw that the hook was in the corner of his mouth and he has kept his mouth tight shut. The punishment of the hook is nothing. The punishment of hunger, and that he is against something that he does not comprehend, is everything. Rest now, old man, and let him work until your next duty comes.

He rested for what he believed to be two hours. The moon did not rise now until late and he had no way of judging the time. Nor was he really resting except comparatively. He was still bearing the pull of the fish across his shoulders but he placed his left hand on the gunwale of the bow and confided more and more of the resistance to the fish to the skiff itself.

How simple it would be if I could make the line fast, he thought. But with one small lurch he could break it. I must cushion the pull of the line with my body and at all times be ready to give line with both hands.

"But you have not slept yet, old man," he said aloud. "It is half a day and a night and now another day and you have not slept. You must devise a way so that you sleep a little if he is quiet and steady. If you do not sleep you might become unclear in the head."

I'm clear enough in the head, he thought. Too clear. I am as clear as the stars that are my brothers. Still I must sleep. They sleep and the moon and the sun sleep and even the ocean sleeps sometimes on certain days when there is no current and a flat calm.

But remember to sleep, he thought. Make yourself do it and devise some simple and sure way about the lines. Now go back and prepare the dolphin. It is too dangerous to rig the oars as a drag if you must sleep.

I could go without sleeping, he told himself. But it would be too dangerous.

He started to work his way back to the stern on his hands and knees, being careful not to jerk against the fish. He may be half asleep himself, he thought. But I do not want him to rest. He must pull until he dies.

Back in the stern he turned so that his left hand held the strain of the line across his shoulders and drew his knife from its sheath with his right hand. The stars were bright now and he saw the dolphin clearly and he pushed the blade of his knife into his head and drew him out from under the stern. He put one of his feet on the fish and slit him quickly from the vent up to the tip of his lower jaw. Then he put his knife down and gutted him with his right hand, scooping him clean and pulling the gills clear. He felt the maw heavy and slippery in his hands and he slit it open. There were two flying fish inside. They were fresh and hard and he laid them side by side and dropped the guts and the gills over the stern. They sank leaving a trail of phosphorescence in the water. The dolphin was cold and a leprous gray-white now in the starlight and the old man skinned one side of him while he held his right foot on the fish's head. Then he turned him over and skinned the other side and cut each side off from the head down to the tail.

He slid the carcass overboard and looked to see if there was any swirl in the water. But there was only the light of its slow descent. He turned then and placed the two flying fish inside the two fillets of fish and putting his knife back in its sheath, he worked his way slowly back to the bow. His back was bent with the weight of the line across it and he carried the fish in his right hand.

Back in the bow he laid the two fillets of fish out on the wood with the flying fish beside them. After that he settled the line across his shoulders in a new place and held it again with his left hand resting on the gunwale. Then he leaned over the side and washed the flying fish in the water, noting the speed of the water against his hand. His hand was phosphorescent from skinning the fish and he watched the flow of the water against it. The flow was less strong and as he rubbed the side of his hand against the planking of the skiff, particles of phosphorus floated off and drifted slowly astern.

"He is tiring or he is resting," the old man said. "Now let me get through the eating of this dolphin and get some rest and a little sleep."

Under the stars and with the night colder all the time he ate half of one of the dolphin fillets and one of the flying fish, gutted and with its head cut off.

"What an excellent fish dolphin is to eat cooked," he said. "And what a miserable fish raw. I will never go in a boat again without salt or limes."

If I had brains I would have splashed water on the bow all day and drying, it would have made salt, he thought. But then I did not hook the dolphin until almost sunset. Still it was a lack of preparation. But I have chewed it all well and I am not nauseated.

The sky was clouding over to the east and one after another the stars he knew were gone. It looked now as though he were moving into a great canyon of clouds and the wind had dropped.

"There will be bad weather in three or four days," he said. "But not tonight and not tomorrow. Rig now to get some sleep, old man, while the fish is calm and steady."

He held the line tight in his right hand and then pushed his thigh against his right hand as he leaned all his weight against the wood of the bow. Then he passed the line a little lower on his shoulders and braced his left hand on it.

My right hand can hold it as long as it is braced, he thought If it relaxes in sleep my left hand will wake me as the line goes out. It is hard on the right hand. But he is used to punishment. Even if I sleep twenty minutes or a half an hour it is good. He lay forward cramping himself against the line with all of his body, putting all his weight onto his right band, and he was asleep.

He did not dream of the lions but instead of a vast school of porpoises that stretched for eight or ten miles and it was in the time of their mating and they would leap high into the air and return into the same hole they had made in the water when they leaped.

Then he dreamed that he was in the village on his bed and there was a norther and he was very cold and his right arm was asleep because his head had rested on it instead of a pillow.

After that he began to dream of the long yellow beach and he saw the first of the lions come down onto it in the early dark and then the other lions came and he rested his chin on the wood of the bows where the ship lay anchored with the evening off-shore breeze and he waited to see if there would be more lions and he was happy.

The moon had been up for a long time but he slept on and the fish pulled on steadily and the boat moved into the tunnel of clouds.

He woke with the jerk of his right fist coming up against his face and the line burning out through his right hand. He had no feeling of his left hand but he braked all he could with his right and the line rushed out. Finally his left hand found the line and he leaned back against the line and now it burned his back and his left hand, and his left hand was taking all the strain and cutting badly. He looked back at the coils of line and they were feeding smoothly. Just then the fish jumped making a great bursting of the ocean and then a heavy fall. Then he jumped again and again and the boat was going fast although line was still racing out and the old man was raising the strain to breaking point and raising it to breaking point again and again. He had been pulled down tight onto the bow and his face was in the cut slice of dolphin and he could not move.

This is what we waited for, he thought. So now let us take it.

Make him pay for the line, he thought. Make him pay for it.

He could not see the fish's jumps but only heard the breaking of the ocean and the heavy splash as he fell. The speed of the line was cutting his hands badly but he had always known this would happen and he tried to keep the cutting across the calloused parts and not let the line slip into the palm nor cut the fingers.

If the boy was here he would wet the coils of line, he thought. Yes. If the boy were here. If the boy were here.

The line went out and out and out but it was slowing

now and he was making the fish earn each inch of it. Now he got his head up from the wood and out of the slice of fish that his cheek had crushed. Then he was on his knees and then he rose slowly to his feet. He was ceding line but more slowly all the time. He worked back to where he could feel with his foot the coils of line that he could not see. There was plenty of line still and now the fish had to pull the friction of all that new line through the water.

Yes, he thought. And now he has jumped more than a dozen times and filled the sacks along his back with air and he cannot go down deep to die where I cannot bring him up. He will start circling soon and then I must work on him. I wonder what started him so suddenly? Could it have been hunger that made him desperate, or was he frightened by something in the night? Maybe he suddenly felt fear. But he was such a calm, strong fish and he seemed so fearless and so confident. It is strange.

"You better be fearless and confident yourself, old man," he said. "You're holding him again but you cannot get line. But soon he has to circle."

The old man held him with his left hand and his shoulders now and stooped down and scooped up water in his right hand to get the crushed dolphin flesh off of his face. He was afraid that it might nauseate him and he would vomit and lose his strength. When his face was cleaned he washed his right hand in the water over the side and then let it stay in the salt water while he watched the first light come before the sunrise. He's headed almost east, he thought. That means he is tired and going with the current. Soon he will have to circle. Then our true work begins.

After he judged that his right hand had been in the water long enough he took it out and looked at it.

"It is not bad," he said. "And pain does not matter to a man."

He took hold of the line carefully so that it did not fit into any of the fresh line cuts and shifted his weight so that he could put his left hand into the sea on the other side of the skiff.

"You did not do so badly for something worthless," he said to his left hand. "But there was a moment when I could not find you."

Why was I not born with two good hands? he thought. Perhaps it was my fault in not training that one properly. But God knows he has had enough chances to learn. He did not do so badly in the night, though, and he has only cramped once. If he cramps again let the line cut him off.

When he thought that he knew that he was not being clear-headed and he thought he should chew some more of the dolphin. But I can't, he told himself. It is better to be light-headed than to lose your strength from nausea. And I know I cannot keep it if I eat it since my face was in it. I will keep it for an emergency until it goes bad. But it is too late to try for strength now through nourishment. You're stupid, he told himself. Eat the other flying fish.

It was there, cleaned and ready, and he picked it up with his left hand and ate it chewing the bones carefully and eating all of it down to the tail.

It has more nourishment than almost any fish, he thought. At least the kind of strength that I need. Now I have done what I can, he thought. Let him begin to circle and let the fight come.

The sun was rising for the third time since he had put to sea when the fish started to circle.

He could not see by the slant of the line that the fish was circling. It was too early for that. He just felt a faint slackening of the pressure of the line and he commenced to pull on it gently with his right hand. It tightened, as always, but just when he reached the point where it would break, line began to come in. He slipped his shoulders and head from under the line and began to pull in line steadily and gently. He used both of his hands in a swinging motion and tried to do the pulling as much as he could with his body and his legs. His old legs and shoulders pivoted with the swinging of the pulling.

"It is a very big circle," he said. "But he is circling."

Then the line would not come in any more and he held it until he saw the drops jumping from it in the sun. Then it started out and the old man knelt down and let it go grudgingly back into the dark water.

"He is making the far part of his circle now," he said. I must hold all I can, he thought. The strain will shorten his circle each time. Perhaps in an hour I will see him. Now I must convince him and then I must kill him.

But the fish kept on circling slowly and the old man was wet with sweat and tired deep into his bones two hours later. But the circles were much shorter now and from the way the line slanted he could tell the fish had risen steadily while he swam.

For an hour the old man had been seeing black spots before his eyes and the sweat salted his eyes and salted the cut over his eye and on his forehead. He was not afraid of the black spots. They were normal at the tension that he was pulling on the line. Twice, though, he had felt faint and dizzy and that had worried him.

"I could not fail myself and die on a fish like this," he said. "Now that I have him coming so beautifully, God help me endure. I'll say a hundred Our Fathers and a hundred Hail Marys. But I cannot say them now."

Consider them said, he thought. I'll say them later.

Just then he felt a sudden banging and jerking on the line he held with his two hands. It was sharp and hard-feeling and heavy.

He is hitting the wire leader with his spear, he thought. That was bound to come. He had to do that. It may make him jump though and I would rather he stayed circling now. The jumps were necessary for him to take air. But after that each one can widen the opening of the hook wound and he can throw the hook.

"Don't jump, fish," he said. "Don't jump."

The fish hit the wire several times more and each time he shook his head the old man gave up a little line.

I must hold his pain where it is, he thought. Mine does not matter. I can control mine. But his pain could drive him mad.

After a while the fish stopped beating at the wire and

started circling slowly again. The old man was gaining line steadily now. But he felt faint again. He lifted some sea water with his left hand and put it on his head. Then he put more on and rubbed the back of his neck.

"I have no cramps," he said. "He'll be up soon and I can last. You have to last. Don't even speak of it."

He kneeled against the bow and, for a moment, slipped the line over his back again. I'll rest now while he goes out on the circle and then stand up and work on him when he comes in, he decided.

It was a great temptation to rest in the bow and let the fish make one circle by himself without recovering any line. But when the strain showed the fish had turned to come toward the boat, the old man rose to his feet and started the pivoting and the weaving pulling that brought in all the line he gained.

I'm tireder than I have ever been, he thought, and now the trade wind is rising. But that will be good to take him in with. I need that badly.

"I'll rest on the next turn as he goes out," he said. "I feel much better. Then in two or three turns more I will have him."

His straw hat was far on the back of his head and he sank down into the bow with the pull of the line as he felt the fish turn.

"You work now, fish," he thought. I'll take you at the turn.

The sea had risen considerably. But it was a fair-weather breeze and he had to have it to get home.

"I'll just steer south and west," he said. "A man is never lost at sea and it is a long island."

It was on the third turn that he saw the fish first.

He saw him first as a dark shadow that took so long to pass under the boat that he could not believe its length.

"No," he said. "He can't be that big."

But he was that big and at the end of this circle he came to the surface only thirty yards away and the man saw his tail out of water. It was higher than a big scythe blade and a very pale lavender above the dark blue water. It raked back and as the fish swam just below the surface the old man could see his huge bulk and the purple stripes that banded him. His dorsal fin was down and his huge pectorals were spread wide.

On this circle the old man could see the fish's eye and the two gray sucking fish that swam around him. Sometimes they attached themselves to him. Sometimes they darted off. Sometimes they would swim easily in his shadow. They were each over three feet long and when they swam fast they lashed their whole bodies like eels.

The old man was sweating now but from something else besides the sun. On each calm placid turn the fish made he was gaining line and he was sure that in two turns more he would have a chance to get the harpoon in.

But I must get him close, close, close, he thought. I mustn't try for the head. I must get the heart.

"Be calm and strong, old man," he said.

On the next circle the fish's back was out but he was a little too far from the boat. On the next circle he was still too far away but he was higher out of water and the old man was sure that by gaining some more line he could have him alongside.

He had rigged his harpoon long before and its coil of light rope was in a round basket and the end was made fast to the bitt in the bow.

The fish was coming in on his circle now calm and beautiful looking and only his great tail moving. The old man pulled on him all that he could to bring him closer. For just a moment the fish turned a little on his side. Then he straightened himself and began another circle.

"I moved him," the old man said. "I moved him then."

He felt faint again now but he held on the great fish all the strain that he could. I moved him, he thought. Maybe this time I can get him over. Pull, hands, he thought. Hold up, legs. Last for me, head. Last for me. You never went. This time I'll pull him over.

But when he put all of his effort on, starting it well out before the fish came alongside and pulling with all his strength, the fish pulled part way over and then righted himself and swam away.

"Fish," the old man said. "Fish, you are going to have to die anyway. Do you have to kill me too?"

That way nothing is accomplished, he thought. His mouth was too dry to speak but he could not reach for the water now. I must get him alongside this time, he thought. I am not good for many more turns. Yes you are, he told himself. You're good for ever.

On the next turn, he nearly had him. But again the fish righted himself and swam slowly away.

You are killing me, fish, the old man thought. But you have a right to. Never have I seen a greater, or more beautiful, or a calmer or more noble thing than you, brother. Come on and kill me. I do not care who kills who.

Now you are getting confused in the head, he thought. You must keep your head clear. Keep your head clear and know how to suffer like a man. Or a fish, he thought.

"Clear up, head," he said in a voice he could hardly hear. "Clear up."

Twice more it was the same on the turns.

I do not know, the old man thought. He had been on the point of feeling himself go each time. I do not know. But I will try it once more.

He tried it once more and he felt himself going when he turned the fish. The fish righted himself and swam off again slowly with the great tail weaving in the air.

I'll try it again, the old man promised, although his hands were mushy now and he could only see well in flashes.

He tried it again and it was the same. So he thought, and he felt himself going before he started; I will try it once again.

He took all his pain and what was left of his strength and his long gone pride and he put it against the fish's agony and the fish came over onto his side and swam gently on his side, his bill almost touching the planking of the skiff and started to pass the boat, long, deep, wide, silver and barred with purple and interminable in the water.

The old man dropped the line and put his foot on it and lifted the harpoon as high as he could and drove it down with all his strength, and more strength he had just summoned, into the fish's side just behind the great chest fin that rose high in the air to the altitude of the man's chest. He felt the iron go in and he leaned on it and drove it further and then pushed all his weight after it.

Then the fish came alive, with his death in him, and rose high out of the water showing all his great length and width and all his power and his beauty. He seemed to hang in the air above the old man in the skiff. Then he fell into the water with a crash that sent spray over the old man and over all of the skiff.

The old man felt faint and sick and he could not see well. But he cleared the harpoon line and let it run slowly through his raw hands and, when he could see, he saw the fish was on his back with his silver belly up. The shaft of the harpoon was projecting at an angle from the fish's shoulder and the sea was discolouring with the red of the blood from his heart. First it was dark as a shoal in the blue water that was more than a mile deep. Then it spread like a cloud. The fish was silvery and still and floated with the waves.

The old man looked carefully in the glimpse of vision that he had. Then he took two turns of the harpoon line around the bitt in the bow and hid his head on his hands.

"Keep my head dear," he said against the wood of the bow. "I am a tired old man. But I have killed this fish which is my brother and now I must do the slave work."

Now I must prepare the nooses and the rope to lash him alongside, he thought. Even if we were two and swamped her to load him and bailed her out, this skiff would never hold him. I must prepare everything, then bring him in and lash him well and step the mast and set sail for home.

He started to pull the fish in to have him alongside so that he could pass a line through his gills and out his mouth and make his head fast alongside the bow. I want to see him, he thought, and to touch and to feel him. He is my fortune, he thought. But that is not why I wish to feel him. I think I felt his heart, he thought. When I pushed on the harpoon shaft the second time. Bring him in now and make him fast and get the noose around his tail and another around his middle to bind him to the skiff.

"Get to work, old man," he said. He took a very small drink of the water. "There is very much slave work to be done now that the fight is over."

He looked up at the sky and then out to his fish. He looked at the sun carefully. It is not much more than noon, he thought. And the trade wind is rising. The lines all mean nothing now. The boy and I will splice them when we are home.

"Come on, fish," he said. But the fish did not come. Instead he lay there wallowing now in the seas and the old man pulled the skiff up onto him.

When he was even with him and had the fish's head against the bow he could not believe his size. But he untied the harpoon rope from the bitt, passed it through the fish's gills and out his jaws, made a turn around his sword then passed the rope through the other gill, made another turn around the bill and knotted the double rope and made it fast to the bitt in the bow. He cut the rope then and went astern to noose the tail. The fish had turned silver from his original purple and silver, and the stripes showed the same pale violet color as his tail. They were wider than a man's hand with his fingers spread and the fish's eye looked as detached as the mirrors in a periscope or as a saint in a procession.

"It was the only way to kill him," the old man said. He was feeling better since the water and he knew he would not go away and his head was clear. He's over fifteen hundred pounds the way he is, he thought. Maybe much more. If he dresses out two-thirds of that at thirty cents a pound?

"I need a pencil for that," he said. "My head is not that clear. But I think the great DiMaggio would be proud of me today. I had no bone spurs. But the hands and the back hurt truly." I wonder what a bone spur is, he thought. Maybe we have them without knowing of it.

He made the fish fast to bow and stern and to the middle thwart. He was so big it was like lashing a much bigger skiff alongside. He cut a piece of line and tied the fish's lower jaw against his bill so his mouth would not open and they would sail as cleanly as possible. Then he stepped the mast and, with the stick that was his gaff and with his boom rigged, the patched sail drew, the boat began to move, and half lying in the stern he sailed south-west.

He did not need a compass to tell him where southwest was. He only needed the feel of the trade wind and the drawing of the sail. I better put a small line out with a spoon on it and try and get something to eat and drink for the moisture. But he could not find a spoon and his sardines were rotten. So he hooked a patch of yellow Gulf weed with the gaff as they passed and shook it so that the small shrimps that were in it fell onto the planking of the skiff. There were more than a dozen of them and they jumped and kicked like sand fleas. The old man pinched their heads off with his thumb and forefinger and ate them chewing up the shells and the tails. They were very tiny but he knew they were nourishing and they tasted good.

The old man still had two drinks of water in the bottle and he used half of one after he had eaten the shrimps. The skiff was sailing well considering the handicaps and he steered with the tiller under his arm. He could see the fish and he had only to look at his hands and feel his back against the stern to know that this had truly happened and was not a dream. At one time when he was feeling so badly toward the end, he had thought perhaps it was a dream. Then when he had seen the fish come out of the water and hang motionless in the sky before he fell, he was sure there was some great strangeness and he could not believe it. Then he could not see well, although now he saw as well as ever.

Now he knew there was the fish and his hands and back were no dream. The hands cure quickly, he thought. I bled them clean and the salt water will heal them. The dark water of the true gulf is the greatest healer that there is. All I must do is keep the head clear. The hands have done their work and we sail well. With his mouth shut and his tail straight up and down we sail like brothers. Then his head started to become a little unclear and he thought, is he bringing me in or am I bringing him in? If I were towing him behind there would be no question. Nor if the fish were in the skiff, with all dignity gone, there would be no question either. But they were sailing together lashed side by side and the old man thought, let him bring me in if it pleases him. I am only better than him through trickery and he meant me no harm.

They sailed well and the old man soaked his hands in the salt water and tried to keep his head clear. There were high cumulus clouds and enough cirrus above them so that the old man knew the breeze would last all night. The old man looked at the fish constantly to make sure it was true. It was an hour before the first shark hit him.

The shark was not an accident. He had come up from deep down in the water as the dark cloud of blood had settled and dispersed in the mile deep sea. He had come up so fast and absolutely without caution that he broke the surface of the blue water and was in the sun. Then he fell back into the sea and picked up the scent and started swimming on the course the skiff and the fish had taken.

Sometimes he lost the scent. But he would pick it up again, or have just a trace of it, and he swam fast and hard on the course. He was a very big Mako shark built to swim as fast as the fastest fish in the sea and everything about him was beautiful except his jaws. His back was as blue as a sword fish's and his belly was silver and his hide was smooth and handsome. He was built as a sword fish except for his huge jaws which were tight shut now as he swam fast, just under the surface with his high dorsal fin knifing through the water without wavering. Inside the closed double lip of his jaws all of his eight rows of teeth were slanted inwards. They were not the ordinary pyramid-shaped teeth of most sharks. They were shaped like a man's fingers when they are crisped like claws. They were nearly as long as the fingers of the old man and they had razor-sharp cutting edges on both sides. This was a fish built to feed on all the fishes in the sea, that were so fast and strong and well armed that they had no other enemy. Now he speeded up as he smelled the fresher scent and his blue dorsal fin cut the water.

When the old man saw him coming he knew that this was a shark that had no fear at all and would do exactly what he wished. He prepared the harpoon and made the rope fast while he watched the shark come on. The rope was short as it lacked what he had cut away to lash the fish.

The old man's head was clear and good now and he was full of resolution but he had little hope. It was too good to last, he thought. He took one look at the great fish as he watched the shark close in. It might as well have been a dream, he thought. I cannot keep him from hitting me but maybe I can get him. *Dentuso*, he thought. Bad luck to your mother.

The shark closed fast astern and when he hit the fish the old man saw his mouth open and his strange eyes and the clicking, chop of the teeth as he drove forward in the meat just above the tail. The shark's head was out of water and his back was coming out and the old man could hear the noise of skin and flesh ripping on the big fish when he rammed the harpoon down onto the shark's head at a spot where the line between his eyes intersected with the line that ran straight back from his nose. There were no such lines. There was only the heavy sharp blue head and the big eyes and the clicking thrusting all-swallowing jaws. But that was the location of the brain and the old man hit it. He hit it with his blood mushed hands driving a good harpoon with all his strength. He hit it without hope but with resolution and complete malignancy.

The shark swung over and the old man saw his eye was not alive and then he swung over once again, wrapping himself in two loops of the rope. The old man knew that he was dead but the shark would not accept it. Then, on his back, with his tail lashing and his jaws clicking, the shark plowed over the water as a speedboat does. The water was white where his tail beat it and three-quarters of his body was clear above the water when the rope came taut, shivered, and then snapped. The shark lay quietly for a little while on the surface and the old man watched him. Then he went down very slowly.

"He took about forty pounds," the old man said aloud. He took my harpoon too and all the rope, he thought, and now my fish bleeds again and there will be others.

He did not like to look at the fish anymore since he had been mutilated. When the fish had been hit it was as though he himself were hit.

But I killed the shark that hit my fish, he thought. And he was the biggest *dentuso* that I have ever seen. And God knows that I have seen big ones.

It was too good to last, he thought. I wish it had been a dream now and that I had never hooked the fish and was alone in bed on the newspapers.

"But man is not made for defeat," he said. "A man can be destroyed but not defeated." I am sorry that I killed the fish though, he thought. Now the bad time is coming and I do not even have the harpoon. The *dentuso* is cruel and able and strong and intelligent. But I was more intelligent than he was. Perhaps not, he thought. Perhaps I was only better armed.

"Don't think, old man," he said aloud. "Sail on this course and take it when it comes."

But I must think, he thought. Because it is all I

have left. That and baseball. I wonder how the great DiMaggio would have liked the way I hit him in the brain? It was no great thing, he thought. Any man could do it. But do you think my hands were as great a handicap as the bone spurs? I cannot know. I never had anything wrong with my heel except the time the sting ray stung it when I stepped on him when swimming and paralyzed the lower leg and made the unbearable pain.

"Think about something cheerful, old man," he said. "Every minute now you are closer to home. You sail lighter for the loss of forty pounds."

He knew quite well the pattern of what could happen when he reached the inner part of the current. But there was nothing to be done now.

"Yes there is," he said aloud. "I can lash my knife to the butt of one of the oars."

So he did that with the tiller under his arm and the sheet of the sail under his foot.

"Now," he said. "I am still an old man. But I am not unarmed."

The breeze was fresh now and he sailed on well. He watched only the forward part of the fish and some of his hope returned.

It is silly not to hope, he thought. Besides I believe it is a sin. Do not think about sin, he thought. There are enough problems now without sin. Also I have no understanding of it.

I have no understanding of it and I am not sure that I believe in it. Perhaps it was a sin to kill the fish. I suppose it was even though I did it to keep me alive and feed many people. But then everything is a sin. Do not think about sin. It is much too late for that and there are people who are paid to do it. Let them think about it. You were born to be a fisherman as the fish was born to be a fish. San Pedro was a fisherman as was the father of the great DiMaggio.

But he liked to think about all things that he was involved in and since there was nothing to read and he did not have a radio, he thought much and he kept on thinking about sin. You did not kill the fish only to keep alive and to sell for food, he thought. You killed him for pride and because you are a fisherman. You loved him when he was alive and you loved him after. If you love him, it is not a sin to kill him. Or is it more?

"You think too much, old man," he said aloud.

But you enjoyed killing the *dentuso*, he thought. He lives on the live fish as you do. He is not a scavenger nor just a moving appetite as some sharks are. He is beautiful and noble and knows no fear of anything.

"I killed him in self-defense," the old man said aloud. "And I killed him well."

Besides, he thought, everything kills everything else in some way. Fishing kills me exactly as it keeps me alive. The boy keeps me alive, he thought. I must not deceive myself too much.

He leaned over the side and pulled loose a piece of the meat of the fish where the shark had cut him. He chewed it and noted its quality and its good taste. It was firm and juicy, like meat, but it was not red. There was no stringiness in it and he knew that it would bring the highest price in the market. But there was no way to keep its scent out of the water and the old man knew that a very bad time was coming.

The breeze was steady. It had backed a little further into the north-east and he knew that meant that it would not fall off. The old man looked ahead of him but he could see no sails nor could he see the hull nor the smoke of any ship. There were only the flying fish that went up from his bow sailing away to either side and the yellow patches of Gulf weed. He could not even see a bird.

He had sailed for two hours, resting in the stern and sometimes chewing a bit of the meat from the marlin, trying to rest and to be strong, when he saw the first of the two sharks.

"*Ay*," he said aloud. There is no translation for this word and perhaps it is just a noise such as a man might make, involuntarily, feeling the nail go through his hands and into the wood.

"*Galanos*," he said aloud. He had seen the second fin now coming up behind the first and had identified them as shovel-nosed sharks by the brown, triangular fin and the sweeping movements of the tail. They had the scent and were excited and in the stupidity of their great hunger they were losing and finding the scent in their excitement. But they were closing all the time.

The old man made the sheet fast and jammed the tiller. Then he took up the oar with the knife lashed to it. He lifted it as lightly as he could because his hands rebelled at the pain. Then he opened and closed them on it lightly to loosen them. He closed them firmly so they would take the pain now and would not flinch and watched the sharks come. He could see their wide, flattened, shovel-pointed heads now and their white-tipped wide pectoral fins. They were hateful sharks, bad smelling, scavengers as well as killers, and when they were hungry they would bite at an oar or the rudder of a boat. It was these sharks that would cut the turtles' legs and flippers off when the turtles were asleep on the surface, and they would hit a man in the water, if they were hungry, even if the man had no smell off ish blood nor off ish slime on him.

"*Ay*," the old man said. "*Galanos.* Come on, *galanos.*"

They came. But they did not come as the Mako had come. One turned and went out of sight under the skiff and the old man could feel the skiff shake as he jerked and pulled on the fish. The other watched the old man with his slitted yellow eyes and then came in fast with his half circle of jaws wide to hit the fish where he had already been bitten. The line showed clearly on the top of his brown head and back where the brain joined the spinal cord and the old man drove the knife on the oar into the juncture, withdrew it, and drove it in again into the shark's yellow cat-like eyes. The shark let go of the fish and slid down, swallowing what he had taken as he died.

The skiff was still shaking with the destruction the other shark was doing to the fish and the old man let go the sheet so that the skiff would swing broadside and bring the shark out from under. When he saw the shark he leaned over the side and punched at him. He hit only meat and the hide was set hard and he barely got the knife in. The blow hurt not only his hands but his shoulder too. But the shark came up fast with his head out and the old man hit him squarely in the center of his flat-topped head as his nose came out of water and lay against the fish. The old man withdrew the blade and punched the shark exactly in the same spot again. He still hung to the fish with his jaws hooked and the old man stabbed him in his left eye. The shark still hung there.

"No?" the old man said and he drove the blade between the vertebrae and the brain. It was an easy shot now and he felt the cartilage sever. The old man reversed the oar and put the blade between the shark's jaws to open them. He twisted the blade and as the shark slid loose he said, "Go on, *galano*. Slide down a mile deep. Go see your friend, or maybe it's your mother."

The old man wiped the blade of his knife and laid down the oar. Then he found the sheet and the sail filled and he brought the skiff onto her course.

"They must have taken a quarter of him and of the best meat," he said aloud. "I wish it were a dream and that I had never hooked him. I'm sorry about it, fish. It makes everything wrong." He stopped and he did not want to look at the fish now. Drained of blood and awash he looked the colour of the silver backing of a mirror and his stripes still showed.

"I shouldn't have gone out so far, fish," he said. "Neither for you nor for me. I'm sorry, fish."

"Now," he said to himself. "Look to the lashing on the knife and see if it has been cut. Then get your hand in order because there still is more to come."

"I wish I had a stone for the knife," the old man said after he had checked the lashing on the oar butt. "I should have brought a stone." You should have brought many things, he thought. But you did not bring them, old man. Now is no time to think of what you do not have. Think of what you can do with what there is.

"You give me much good counsel," he said aloud. "I'm tired of it."

He held the tiller under his arm and soaked both his hands in the water as the skiff drove forward.

"God knows how much that last one took," he said. "But she's much lighter now." He did not want to think of the mutilated under-side of the fish. He knew that each of the jerking bumps of the shark had been meat torn away and that the fish now made a trail for all sharks as wide as a highway through the sea.

He was a fish to keep a man all winter, he thought. Don't think of that. Just rest and try to get your hands in shape to defend what is left of him. The blood smell from my hands means nothing now with all that scent in the water. Besides they do not bleed much. There is nothing cut that means anything. The bleeding may keep the left from cramping.

What can I think of now? he thought. Nothing. I must think of nothing and wait for the next ones. I wish it had really been a dream, he thought. But who knows? It might have turned out well.

The next shark that came was a single shovelnose. He came like a pig to the trough if a pig had a mouth so wide that you could put your head in it. The old man let him hit the fish and then drove the knife on the oar down into his brain. But the shark jerked backwards as he rolled and the knife blade snapped.

The old man settled himself to steer. He did not even watch the big shark sinking slowly in the water, showing first life-size, then small, then tiny. That always fascinated the old man. But he did not even watch it now.

"I have the gaff now," he said. "But it will do no good. I have the two oars and the tiller and the short club."

Now they have beaten me, he thought. I am too old to club sharks to death. But I will try it as long as I have the oars and the short club and the tiller.

He put his hands in the water again to soak them. It was getting late in the afternoon and he saw nothing but the sea and the sky. There was more wind in the sky than there had been, and soon he hoped that he would see land.

"You're tired, old man," he said. "You're tired inside."

The sharks did not hit him again until just before sunset.

The old man saw the brown fins coming along the wide trail the fish must make in the water. They were not even quartering on the scent. They were headed straight for the skiff swimming side by side.

He jammed the tiller, made the sheet fast and reached under the stern for the club. It was an oar handle from a broken oar sawed off to about two and a half feet in length. He could only use it effectively with one hand because of the grip of the handle and he took good hold of it with his right hand, flexing his hand on it, as he watched the sharks come. They were both *galanos*.

I must let the first one get a good hold and hit him on the point of the nose or straight across the top of the head, he thought.

The two sharks closed together and as he saw the one nearest him open his jaws and sink them into the silver side of the fish, he raised the club high and brought it down heavy and slamming onto the top of the shark's broad head. He felt the rubbery solidity as the club came down. But he felt the rigidity of bone too and he struck the shark once more hard across the point of the nose as he slid down from the fish.

The other shark had been in and out and now came in again with his jaws wide. The old man could see pieces of the meat of the fish spilling white from the corner of his jaws as he bumped the fish and closed his jaws. He swung at him and hit only the head and the shark looked at him and wrenched the meat loose. The old man swung the club down on him again as he slipped away to swallow and hit only the heavy solid rubberiness.

"Come on, *galano*," the old man said. "Come in again."

The shark came in a rush and the old man hit him as he shut his jaws. He hit him solidly and from as high up as he could raise the club. This time he felt the bone at the base of the brain and he hit him again in the same place while the shark tore the meat loose sluggishly and slid down from the fish.

The old man watched for him to come again but neither shark showed. Then he saw one on the surface swimming in circles. He did not see the fin of the other.

I could not expect to kill them, he thought. I could have in my time. But I have hurt them both badly and neither one can feel very good. If I could have used a bat with two hands I could have killed the first one surely. Even now, he thought.

He did not want to look at the fish. He knew that half of him had been destroyed. The sun had gone down while he had been in the fight with the sharks.

"It will be dark soon," he said. "Then I should see the glow of Havana. If I am too far to the eastward I will see the lights of one of the new beaches."

I cannot be too far out now, he thought. I hope no one has been too worried. There is only the boy to worry, of course. But I am sure he would have confidence. Many of the older fishermen will worry. Many others too, he thought. I live in a good town.

He could not talk to the fish anymore because the fish had been ruined too badly. Then something came into his head.

"Half a fish," he said. "Fish that you were. I am sorry that I went too far out. I ruined us both. But we have killed many sharks, you and I, and ruined many others. How many did you ever kill, old fish? You do not have that spear on your head for nothing."

He liked to think of the fish and what he could do to a shark if he were swimming free. I should have chopped the bill off to fight them with, he thought. But there was no hatchet and then there was no knife.

But if I had, and could have lashed it to an oar butt, what a weapon. Then we might have fought them together. What will you do now if they come in the night? What can you?

"Fight them," he said. "I'll fight them until I die."

But in the dark now and no glow showing and no lights and only the wind and the steady pull of the sail he felt that perhaps he was already dead. He put his two hands together and felt the palms. They were not dead and he could bring the pain of life by simply opening and closing them. He leaned his back against the stern and knew he was not dead. His shoulders told him.

I have all those prayers I promised if I caught the fish, he thought. But I am too tired to say them now. I better get the sack and put it over my shoulders.

He lay in the stern and steered and watched for the glow to come in the sky. I have half of him, he thought. Maybe I'll have the luck to bring the forward half in. I should have some luck. No, he said. You violated your luck when you went too far outside.

"Don't be silly," he said aloud. "And keep awake and steer. You may have much luck yet."

"I'd like to buy some if there's any place they sell it," he said.

What could I buy it with? He asked himself. Could I buy it with a lost harpoon and a broken knife and two bad hands?

"You might," he said. "You tried to buy it with eighty-four days at sea. They nearly sold it to you too."

I must not think nonsense, he thought. Luck is a thing that comes in many forms and who can recognize her? I would take some though in any form and pay what they asked. I wish I could see the glow from the lights, he thought. I wish too many things. But that is the thing I wish for now. He tried to settle more comfortably to steer and from his pain he knew he was not dead.

He saw the reflected glare of the lights of the city at what must have been around ten o'clock at night. They were only perceptible at first as the light is in the sky before the moon rises. Then they were steady to see across the ocean which was rough now with the increasing breeze. He steered inside of the glow and he thought that now, soon, he must hit the edge of the stream.

Now it is over, he thought. They will probably hit me again. But what can a man do against them in the dark without a weapon?

He was stiff and sore now and his wounds and all of the strained parts of his body hurt with the cold of the night. I hope I do not have to fight again, he thought. I hope so much I do not have to fight again.

But by midnight he fought and this time he knew the fight was useless. They came in a pack and he could only see the lines in the water that their fins made and their phosphorescence as they threw themselves on the fish. He clubbed at heads and heard the jaws chop and the shaking of the skiff as they took hold below. He clubbed desperately at what he could only feel and hear and he felt something seize the club and it was gone.

He jerked the tiller free from the rudder and beat and chopped with it, holding it in both hands and driving it down again and again. But they were up to the bow now and driving in one after the other and together, tearing off the pieces of meat that showed glowing below the sea as they turned to come once more.

One came, finally, against the head itself and he knew that it was over. He swung the tiller across the shark's head where the jaws were caught in the heaviness of the fish's head which would not tear. He swung it once and twice and again. He heard the tiller break and he lunged at the shark with the splintered butt. He felt it go in and knowing it was sharp he drove it in again. The shark let go and rolled away. That was the last shark of the pack that came. There was nothing more for them to eat.

The old man could hardly breathe now and he felt a strange taste in his mouth. It was coppery and sweet and he was afraid of it for a moment. But there was not much of it.

He spat into the ocean and said, "Eat that, *galanos*. And make a dream you've killed a man."

He knew he was beaten now finally and without remedy and he went back to the stern and found the jagged end of the tiller would fit in the slot of the rudder well enough for him to steer. He settled the sack around his shoulders and put the skiff on her course. He sailed lightly now and he had no thoughts nor any feelings of any kind. He was past everything now and he sailed the skiff to make his home port as well and as intelligently as he could. In the night sharks hit the carcass as someone might pick up crumbs from the table. The old man paid no attention to them and did not pay any attention to anything except steering. He only noticed how lightly and how well the skiff sailed now there was no great weight beside her.

She's good, he thought. She is sound and not harmed in any way except for the tiller. That is easily replaced.

He could feel he was inside the current now and he could see the lights of the beach colonies along the shore. He knew where he was now and it was nothing to get home.

The wind is our friend, anyway, he thought. Then he added, sometimes. And the great sea with our friends and our enemies. And bed, he thought. Bed is my friend. Just bed, he thought. Bed will be a great thing. It is easy when you are beaten, he thought. I never knew how easy it was. And what beat you, he thought.

"Nothing," he said aloud. "I went out too far."

When he sailed into the little harbour the lights of the Terrace were out and he knew everyone was in bed. The breeze had risen steadily and was blowing strongly now. It was quiet in the harbour though and he sailed up onto the little patch of shingle below the rocks. There was no one to help him so he pulled the boat up as far as he could. Then he stepped out and made her fast to a rock.

He unstepped the mast and furled the sail and tied it. Then he shouldered the mast and started to climb. It was then he knew the depth of his tiredness. He stopped for a moment and looked back and saw in the reflection from the street light the great tail of the fish standing up well behind the skiff's stern. He saw the white naked line of his backbone and the dark mass of the head with the projecting bill and all the nakedness between.

He started to climb again and at the top he fell and lay for some time with the mast across his shoulder. He tried to get up. But it was too difficult and he sat there with the mast on his shoulder and looked at the road. A cat passed on the far side going about its business and the old man watched it. Then he just watched the road.

Finally he put the mast down and stood up. He picked the mast up and put it on his shoulder and started up the road. He had to sit down five times before he reached his shack.

Inside the shack he leaned the mast against the wall. In the dark he found a water bottle and took a drink. Then he lay down on the bed. He pulled the blanket over his shoulders and then over his back and legs and he slept face down on the newspapers with his arms out straight and the palms of his hands up.

He was asleep when the boy looked in the door in the morning. It was blowing so hard that the drifting boats would not be going out and the boy had slept late and then come to the old man's shack as he had come each morning. The boy saw that the old man was breathing and then he saw the old man's hands and he started to cry. He went out very quietly to go to bring some coffee and all the way down the road he was crying.

Many fishermen were around the skiff looking at what was lashed beside it and one was in the water, his trousers rolled up, measuring the skeleton with a length of line.

The boy did not go down. He had been there before and one of the fishermen was looking after the skiff for him.

"How is he?" one of the fishermen shouted.

"Sleeping," the boy called. He did not care that they saw him crying. "Let no one disturb him."

"He was eighteen feet from nose to tail," the fisherman who was measuring him called.

"I believe it," the boy said.

He went into the Terrace and asked for a can of coffee.

"Hot and with plenty of milk and sugar in it."

"Anything more?"

"No. Afterwards I will see what he can eat."

"What a fish it was," the proprietor said. "There has never been such a fish. Those were two fine fish you took yesterday too."

"Damn my fish," the boy said and he started to cry again.

"Do you want a drink of any kind?" the proprietor asked.

"No," the boy said. "Tell them not to bother Santiago. I'll be back."

"Tell him how sorry I am."

"Thanks," the boy said.

The boy carried the hot can of coffee up to the old man's shack and sat by him until he woke. Once it looked as though he were waking. But he had gone back into heavy sleep and the boy had gone across the road to borrow some wood to heat the coffee.

Finally the old man woke.

"Don't sit up," the boy said. "Drink this." He poured some of the coffee in a glass.

The old man took it and drank it.

"They beat me, Manolin," he said. "They truly beat me."

"He didn't beat you. Not the fish."

"No. Truly. It was afterwards."

"Pedrico is looking after the skiff and the gear. What do you want done with the head?"

"Let Pedrico chop it up to use in fish traps."

"And the spear?"

"You keep it if you want it."

"I want it," the boy said. "Now we must make our plans about the other things."

"Did they search for me?"

"Of course. With coast guard and with planes."

"The ocean is very big and a skiff is small and hard to see," the old man said. He noticed how pleasant it was to have someone to talk to instead of speaking only to himself and to the sea. "I missed you," he said. "What did you catch?"

"One the first day. One the second and two the

third."

"Very good."

"Now we fish together again."

"No. I am not lucky. I am not lucky anymore."

"The hell with luck," the boy said. "I'll bring the luck with me."

"What will your family say?"

"I do not care. I caught two yesterday. But we will fish together now for I still have much to learn."

"We must get a good killing lance and always have it on board. You can make the blade from a spring leaf from an old Ford. We can grind it in Guanabacoa. It should be sharp and not tempered so it will break. My knife broke."

"I'll get another knife and have the spring ground. How many days of heavy *brisa* have we?"

"Maybe three. Maybe more."

"I will have everything in order," the boy said. "You get your hands well old man."

"I know how to care for them. In the night I spat something strange and felt something in my chest was broken."

"Get that well too," the boy said. "Lie down, old man, and I will bring you your clean shirt. And something to eat."

"Bring any of the papers of the time that I was gone," the old man said.

"You must get well fast for there is much that I can learn and you can teach me everything. How much did you suffer?"

"Plenty," the old man said.

"I'll bring the food and the papers," the boy said. "Rest well, old man. I will bring stuff from the drugstore for your hands."

"Don't forget to tell Pedrico the head is his."

"No. I will remember."

As the boy went out the door and down the worn coral rock road he was crying again.

That afternoon there was a party of tourists at the Terrace and looking down in the water among the empty beer cans and dead barracudas a woman saw a great long white spine with a huge tail at the end that lifted and swung with the tide while the east wind blew a heavy steady sea outside the entrance to the harbour.

"What's that?" she asked a waiter and pointed to the long backbone of the great fish that was now just garbage waiting to go out with the tide.

"Tiburon," the waiter said. "Eshark." He was

meaning to explain what had happened.

"I didn't know sharks had such handsome, beautifully formed tails."

"I didn't either," her male companion said.

Up the road, in his shack, the old man was sleeping again. He was still sleeping on his face and the boy was sitting by him watching him. The old man was dreaming about the lions.

노인과 바다를 다시 읽다

1판 1쇄 발행일 2013년 1월 20일
지은이 | 김욱동
펴낸이 | 임왕준
편집인 | 김문영
교정·교열 | 양은희
펴낸곳 | 이숲
등록 | 2008년 3월 28일 제301-2008-086호
주소 | 서울시 중구 장충단로 8가길 2-1(장충동 1가 38-70)
전화 | 2235-5580
팩스 | 6442-5581
홈페이지 | http://www.esoope.com
블로그 | http://esoope.blog.me
Email | esoope@naver.com
ISBN | 978-89-94228-55-6 93840
저작권 ⓒ 이숲, 2013, printed in Korea.

▶ 이 책은 저작권법에 의하여 국내에서 보호를 받는 저작물이므로 무단전재 및 복제를 금합니다.
▶ 이 책은 환경보호를 위해 재생종이를 사용하여 제작하였으며 한국출판문화진흥원이 인증하는 녹색출판마크를 사용하였습니다.
▶ 이 도서의 국립중앙도서관 출판시도서목록(CIP)은 e-CIP홈페이지(http://www.nl.go.kr/ecip)와 국가자료공동목록시스템(http://www.nl.go.kr/kolisnet)에서 이용하실 수 있습니다.(CIP제어번호: CIP2012006132)